JN436480

눈물샘 너머에
사는 당신

눈물샘 너머에 사는 당신

초판 1쇄 인쇄 2018년 1월 10일
초판 1쇄 발행 2018년 1월 18일

지 은 이 백승훈
본문사진 배호성
디 자 인 박애리
펴 낸 이 백승대
펴 낸 곳 매직하우스

출판등록 2007년 9월 27일 제313-2007-000193
주　　소 서울시 마포구 월드컵북로38가길 14(중동)
전　　화 02) 323-8921
팩　　스 02) 323-8920
이 메 일 magicsina@naver.com
I S B N 978-89-93342-62-8

*책값은 표지 뒤쪽에 있습니다.
*파본은 본사와 구입하신 서점에서 교환해드립니다.

눈물샘 너머에 사는 당신

백승훈 시집

시인의 말

살아갈수록
작고
여리고
순한 목숨 쪽으로
자꾸 눈길이 간다

바라보면 눈물겹고
눈에서 멀어지면
비로소 눈에 밟히는 것들,

상처 난 가지에 스민 빗물로
생의 무늬를 그리는 먹감나무처럼
살아오는 동안
내가 마음 주고 눈길 닿았던
그리하여 그 곳에 남아 있을
내 영혼의 지문들
여기,
부끄럼을 무릎쓰고 내어놓는다.

2017년 겨울 道峰에서
백승훈

제 1장

울컥하다

제 2장

견딜 만하다

제 3장

나를 보러 오려거든

제 4장

눈물샘 너머에 사는 당신

제 5장

그대 그리운 날엔

제 6장

그리운이 빗물처럼

제1장

울컥하다

울컥하다

앵두나무 우물가에
그녀가 산다.

경기도 포천시 동교동 255-2번지
정든 집 비워 두고
비워 두고 전입신고도 없이
몸부터 먼저 가 누운
샘물노인요양원.

얘야, 밥 먹어야지. 밥 먹고 가!

짧은 면회 마치고
요양원 입구 길모퉁이 카페
'앵두나무 우물가에'를 돌아 나올 때
등 뒤로 들려오던 어머니 음성.

차는 돌부리에 채여
덜컥, 하고

나는 노모의 목소리에 걸려
울컥, 하고

생, 눈부시도록 아픈

산다는 것은
끊임없이
세상 속으로
새 잎을 내는 일이지

늙은 마술사가
종이로 꽃을 피우듯
도끼날도 튕겨져 나올
단단한 몸속에서
불쑥
세상에서 가장 부드러운
어린 잎 하나
마술처럼 꺼내 보이는 일이지

정월 대보름

일흔 두 해 전,
진눈깨비 흩날리던 동짓달 열 이튿날,
열다섯 어린 신부는 가마 타고
외딴 산마을을 내려왔다지요.
쑥고개에서 한 번 쉬고
비석거리에서 또 한 번 쉴 때에도
수줍은 산골 새악시는 가마 안에서 내릴 엄두도 못 내고
하염없이 문틈으로 날아드는 눈송이만 세었다지요.
삼십 리 가마 길에 헤아린 눈송이보다
산골 새악시 떨군 눈물이 하 많았다지요.

뒷동산 늙은 소나무에
부엉이 밤새우는 달밤이면
호롱불 아래 삯바느질 하던 어린 신부는
몰래 뜰로 나와 동산 위에 둥실 떠오른
둥근 달을 지치도록 바라보곤 하였다지요.
혹시라도 집 생각나거든 달을 보렴
네가 그리울 때마다 에미도 달을 볼 것이다.

가슴으로 받아 적은 어머니 말씀
주문처럼 입에 달고 살았다지요.

시집 와서 처음 맞던 정월 대보름
시상에나! 시상에나!
내 생전에 그토록 크고 둥근 달은 첨 봤구나!
그 때 생각만 하면 아직도 가슴이 벌렁거려야.
얼굴까지 붉히며 그 말씀 하실 때면
지금도 영락없는 열다섯 어린 신부 같은
나의 어머니.

젊은 날엔 달을 보고 세월을 견디고
이젠 너희들 보며 시절을 잊고 사는
내겐 너희 육남매가 바로 달이란다.
어머니 말씀 만월처럼 차오르는 오늘은
정월 대보름입니다.

추억

응달진 산자락

잔설처럼

바라만 봐도

절로

눈이 시린 풍경

기억의 통증

한 줌의 어둠도
허락하지 않는
한낮의 햇빛 속을 걸어갈 때면
노란 그리움이라든가
푸른 빛깔의 아픔 따위는
내 소유가 아니었다.

네가 밟고 간
들판을 가로 질러 와
소리 없이 스미는 어둠처럼
바람 홀로 깨어
내 작은 뜨락을 서성일 때면
그때마다 예리한 어둠의 끝이
명치끝을 쿡쿡 찌르곤 했다.

매화꽃 통신

전남 광양 섬진강 매화마을
수만 그루 매화나무가
일제히 꽃망울을 터뜨리기 시작했습니다.
마침내 섬진강변의 봄이 시작된 것입니다.
수줍은 새악시 마냥
꽃샘바람 끝에 오소소 향기를 풀어놓는
매화꽃 흰 그늘 아래로
사람들의 발길이 부쩍 잦아졌습니다.
꽃소식을 전하는 여자의 목소리는 한껏 들떠있다.

금강산도 식후경이라는데
그냥 갈 수 있나요.
매실 된장, 매실장아찌, 매실청….
봄내음 그윽한 음식 잔뜩 차려 놓고
양 볼이 미어지도록 한 입 넣을 때마다
정말 맛있어 죽겠다는 듯
소금 벼락 맞은 미꾸라지처럼 진저리를 쳐대는

리포터의 오버액션으로 전해지는
향기 없는 매화꽃 통신을 일방적으로 수납하면서

반성한다.
나 홀로 사랑에 취해
내 사랑을 강요한 적은 없었는지.

다시 연애편지를 쓰다

처서 지나온
나무들의 낯빛이 꺼칠하다.

여름내 윤기 자르르 흐르던
초록 이파리들이 수척해졌다.

나무, 풀, 돌 위에 스치는 바람까지
모든 것이 말라간다.

유난히 길고 지루했던 여름
하루걸러 오는 비를 맞았건만
마른 먼지만 풀썩이는
내 안은 가뭄 든 지 오래.

다시 연애편지를 써야지
감성의 퇴행현상이 더 깊어지기 전에

능소화

염천의 하늘 밑
담장을 타고 오르는
요염한 불꽃무리

초록의 숲 뒤로 숨겠느냐
나와 같이 불꽃보다 뜨거운
꽃 한 송이 피워보겠느냐

저 고운 꽃가루 빌려
차라리 세상에 눈멀고 싶은
나를 향한
능소화의 꾸짖음이 맵다.

그 물음에
답할 틈도 주지 않고
능소화는 벌써
지상에 붉은 낙관을 찍고 있다.

타래난초와 한판 붙다

이슬을 차고 선산에 올라
아버님께 절 올리고 돌아서려는데
초록의 허공 위로 분홍 꽃빛이 얼비쳐서
황급히 발길을 걷어 들였던 것인데
왼새끼로 금줄 놓아 부정한 발길 돌리게 하시던 아버님처럼
나를 막아선 것은 분홍 꽃타래 곱게 엮은
타래난초였다.

그 모습이 하도 고와서
한동안 정신없이 셔터를 눌러댔던 것인데
다시 보니 쓸 만한 사진은 한 장도 없지 않은가
이런 낭패라니!

다시 숨을 고르고
꽃대를 흔드는 바람이 지나길 기다린다.
타래난초와 나 사이에 팽팽한 긴장감이
허공을 붙잡는 순간 찰칵!

시간이 멎는 소리를 들었다
향방을 알 수 없는 숲속 어딘가에서
쑥꾹새 울음소리 다시 들리기 시작했을 땐
모래판을 내려오는 씨름꾼처럼
이미 후줄근히 젖은 뒤였다.

봄날의 몽상

어느 봄날이었던가.
나는 벚꽃 흩날리는 한강 둔치에 앉아
유장하게 흘러가는 강물을 바라보다가
문득 내 생도 강물처럼 흘렀으면 싶었다.
속절없이 져 내리는
흰 꽃잎 몇 장 우표 대신 부치고
장문의 편지로 하염없이 흐르다가
누군가의 삶 속으로
비밀스럽게 수신되었으면 싶었다.
내가 푸른 강물로 흐르는 동안
허공에서 옴짝도 하지 않던 구름이
자리를 툭툭 털고 따라오기도 하고
오색 깃털의 물총새가 못내 궁금한 듯
뾰족한 부리로 수면을 쿡쿡 찔러보고 지나가기도 하겠지.
달디 단 낮잠에서 깨어난 산이
눈곱을 떼기 위해 제 그림자 비춰 오면
저녁 안개 피워 올려 모두를 안고 흐르고 싶었다.
가 닿을 곳이야 모른들 무슨 상관이랴.

이렇게 모두를 품고 흘러가는 동안
나의 생은 내내 출렁이고
정녕 나는 살아 있었나니.

처서 무렵

날마다 한 뼘씩 멀어지던 하늘이
한바탕 신명나게 굿판 벌리듯
휘모리장단으로 한 소나기 하고 간 뒤
깨끗해진 산등성이 위로 햇 목화송이 같은
뭉게구름이 뭉실뭉실 피어올랐습니다.
숲에 떨어지는 햇살은 여전한 은빛인데
하얗게 포플러 이파리를 갈아엎고 오는 바람결엔
서늘한 가을 냄새가 배어 있습니다.
시절은 한 치의 어긋남도 없어
화톳불을 등에 지고 사는 듯 유난하던 더위도
한줄기 소나기에 저만치 물러나 앉고
고추잠자리 맴도는 마당가 텃밭에선
벌써 고추가 발갛게 익어갑니다.
염천의 하늘에 풀빛 그늘 드리우던 나무들은
이제 더 이상 물을 길어 올리지 않고
들판 가득 꽃으로 수를 놓던 한해살이풀들도
서둘러 씨를 떨구며 생의 마지막을 준비할 것입니다.
한낮의 더위를 피해 나무 그늘에 들 때마다

자꾸만 내가 염치없고 부끄러워지는 것은
무서리 하얗게 내리는 지천명이 코앞이건만
한순간도 내 안의 욕심 버린 적 없는 까닭입니다.
풀들이 마르기 시작하는 처서 무렵이면
나무에게 다가가 묻고 싶어집니다.
때를 잊지 않고 제 속을 비우는 나무들이
가을날에 꽃보다 고운 단풍이 드는 것처럼
어디쯤에서 내 욕심을 멈추어야
내 생의 아름다운 황혼을 불 수 있을까 하고요.

만추

시절은 더욱 깊어
옛사랑을 떠올리듯
이따금 하늘을 올려다본다.

별자리가 바뀌고
빈 하늘을 가로 지르는
철새들의 부산한 날갯짓
애써 외면하고 살았을 뿐
그리움은 늘 등 뒤에 있었구나.

목 아프도록
하늘을 올려다 본 날은
내 안에도
유리가 끼워지지 않은
푸른 쪽창 하나가 생겨났다.

무시로
바람이 지나가는 쪽창 때문에

나는 자꾸 가슴이 시려 와
얼굴태도 흐릿해진 옛사랑이라도 불러내어
추억의 벽난로에 불을 지피고 싶다.

가을날의 그리움이란
선천적 불치병이다.

엄마의 토란국

지난 추석날 아침이었습니다. 아들 손자, 며느리 둥근 두레 밥상에 들러 앉은 왁자한 풍경에 마냥 흐뭇해진 어머니는 명절 별식이라고 텃밭에서 손수 가꾼 토란국을 밥상에 올리셨습니다. 제일 먼저 국 한 숟가락 떠서 입에 넣던 형님이 국 간도 제대로 못 맞추나? 한 마디 하곤 눈 흘겨 형수를 쳐다보았는데 어머니가 형수 앞을 막아서며 내가 소금을 너무 넣었나 보구나, 내 입엔 맞던데… 영 못 먹겠냐? 마치 큰 잘못이라도 저지른 아이처럼 안절부절 면목 없어 하시는 것이었습니다. 얼마나 짜기에 그러나 싶어 나도 한 술 떠 보았는데 좀 짜기는 해도 아주 못 먹을 만큼은 아니었고. 형님도 더 이상 말이 없이연신 숟가락질만 하는 밥상 위론 잠시 무거운 침묵만 흘렀습니다. 향리에서 음식솜씨 좋기로 소문 자자하던 어머니만 식구들 국 그릇이 다 비워지도록 '많이 짜냐? 아주 못 먹을 만큼은 아니지? 하며 묻고 또 묻곤 하시는 것이었습니다. 차마 대꾸도 못하고 꾸역꾸역 입 속으로 밥을 밀어 넣는데 한 숟가락 퍼 넣을 때마다 하얀 설움이 입 안 가득 차올라서 자꾸만 자꾸만 목이 메는 것이었습니다.

반성

악을 쓰듯
울어대는 매미 소리에
귀한 낮잠을 도둑맞고
미루나무 그늘을 서성이다
풀숲에서 우연히 마주친
매미껍질 하나.

일주일의 사랑을 위해
일곱 해의 캄캄한 어둠을 견딘
매미의 전생(前生)을 친견하고 돌아서는데
석양보다 붉은 매미 울음
내 뒤를 따라와

오래도록 누군가를 기다려 본 적도
목 놓아 누군가를 불러본 기억도 없는
내 지난 반생이 하늬바람을 타던
여름날의 어느 오후.

자화상(自畵象)

사각사각
4B연필을 깎아
순백의 도화지 위에
내 얼굴을 그린다.

세월의 바람에 깎이고
사람의 물살에 침식된
둥글고 작은 섬 같은
얼굴의 윤곽선을 그리고
성긴 머리카락 한 올까지
빠뜨리지 않고 그려 넣는다.

낯익은 얼굴이
서서히 도화지 속에
모습을 갖추어 가도
끝내 그리지 못한 것은
그대 사랑에 취한
나의 눈동자.

이 미완의 그림 속
사랑에 눈 먼 사내의
점안식을 올려줄
그대는
지금 어디 있는가.

고맙다

그대,
씩씩하게 살아주어 고맙다.

바람 부는 날이면
내 몸속에 들어와 울던 피리소리
이제 들리지 않는다.

노란 불 켜진 그대의 창(窓),
먼발치서 바라보는 것만으로도
내 삶은 충만하다.

걸어 온 길들이 모래바람에 지워지고
푸르른 날들이 별이 되어 알알이 밤하늘에 박힐 때
그대 창가에 향기로운 꽃 한 송이
놓고 돌아설 수 있는 것만으로도
난 행복하다.

씩씩하게,

아프지 않게,
부신 햇살처럼 살아주는
그대가 고맙고 또 고맙다.

너는 내 운명을 반납하고

너는 내 운명을
반납하러 간다.

비디오 가게의 독촉 전화 받고
휴일 날 빌려다가 절반쯤 보다 만
'너는 내 운명'을 반납하러 간다.

다방레지 은하에 대한 시골 총각 석중의
지고지순의 사랑 이야기
너는 내 운명은
후반부가 감동의 눈물바다라는데
대여기한 지났다는 가시 돋친 말 한마디에
서둘러 집을 나섰다.

비디오테이프 반납하고 돌아오면서
나의 생도
누군가에게서 잠시 빌려온 것은 아닌지
곰곰 생각해 본다.

한 번도 마주친 적 없는 내일만 믿고
대여기한을 까맣게 잊고 살다가
독촉전화 한 통에
다 보지도 못한 테이프를 반납하듯
내 생(生)도 어느 날 갑자기
돌려주어야 하는 것은 아닌지.

*너는 내 운명 : 전도연, 황정민, 주연의 한국 영화. 2005년 作

여기 강이 있었네

여기 강이 있었네.
지금은 말라 흔적만 남은
마음의 물길 따라 흐르던
여기 작은 강이 있었네.
스스로 떠나지 못하는 꽃나무 아래
나무의 마른 눈물 같은 꽃잎들
말없이 받아 안고 흐르다가
슬픔을 모르는 꽃들의 이야기에 귀 기울이다가
제 설움에 겨워 굽이마다 앓는 소리를 내던
여기 아주 작은 강이 있었네.
꽃망울을 간질이던 부신 햇살이었다가
헛헛해지는 가슴을 견디지 못해
마구 꽃가지를 흔들던 바람이었다가
세상의 벽을 타고 흐르는 빗물이기도 했던
외로움에 지친 마음들이 모여드는 곳
여기 아주 따뜻한 강이 하나 있었네.

이름 한 번 불러 나를 가득 채우던 사람아
눈길 한 번 주면 내가 뜨거워지던 사람아
슬픔이었다가 기쁨이었다가
스스로 강이 되어 나를 안고 흐르던
세상에서 가장 아름다운 영혼의 강물
그 강물의 노래를 따라 부르던
영혼이 맑은 사람 하나 있었네.
여기 작은 강이 하나 있었네.

봄날 오후

고향 숲 속을 산책하다가
나도 모르게 아버지 산소 앞에서 발길이 멈추었다.
당신 가신지도 벌써 반 십년인데
아버지! 하고 부르면 금세라도
막내 왔구나! 하시는
아버지 목소리 들릴 듯하다.
숲 속 어디선가 쑥꾹새 울고
공연한 내 헛기침 소리에
산 꿩이 홰를 치며 하늘로 날아오르는데
아버지 봉분 위로 거침없이
쑥쑥 싹을 내미는
애먼 어린 쑥만 손바닥에 쑥물 들도록
쥐어뜯다 집으로 돌아온다.

다시 올 수 없는 세월들이
볕 바라기 하는
만물이 소생하는
봄날 오후.

설렌다는 말 속엔

설렌다는 말 속엔
출렁이는 강물이 들어 있다.

설렌다는 말 속엔
새의 날갯짓이 들어 있다.

설렌다는 말 속엔
회오리바람이 들어 있다.

설렌다는 말 속엔
민들레 씨앗이 들어 있다.

삼백 예순 날
나를 설레게 하는 당신.

죽설헌

사는 일이 너무 팍팍해져서
어디론가 떠나야만 한다면
부디 천년의 숨결 깃든 나주로 가서
나지막한 구릉 아래 숲 속에 숨어 있는
죽설헌을 한 번 찾아보실 일입니다.
등나무 그늘에 차를 세우고
대숲의 맑은 바람으로 귀를 씻은 뒤
탱자나무와 꽝꽝나무 사이
영산강 물길처럼 순하게 휘어진
기와 담장 길을 천천히 걸어보실 일입니다.
정겹게 몸을 포개고 도란거리는
기왓장들의 옛 이야기를 들으며
부드러운 흙길을 걷다보면
문득 사라졌던 길이 다시 보이고
가슴엔 푸른 물길 하나 새로이 열릴 것입니다.
월출산을 넘어온 짭조름한 바닷바람이
영산강 맑은 물에 몸을 헹구고 잠시 깃을 접는
청청한 대숲에 들어 푸른 물소리를 들으며

금목서 은목서 같은 고운 이름의 나무들을 호명하면
숲은 그때마다 파도소리로 일어서며 화답해 줄 것입니다.
한낮에도 유현한 정취를 자아내는 초록 그늘에 들어
잠시나마 한 그루 나무가 되어보는 일
나무가 되어 크고 작은 나무들이 서로 어울려
넉넉히 한 세상 이룬 어울림의 지혜를 익히고 나면
죽설헌의 숲길을 다 돌아 나올 즈음엔
당신 몸에서도 은은한 나무향이 날 것입니다.
참새 그림이 걸린 다실에 앉아
그 숲의 주인이 정성으로 내어 놓는 죽로차 한 잔
조금씩 아껴 마시고 갔던 길 돌아서 오면
당신 안에도 푸른 대숲 하나 출렁일 것입니다.

쓰러진 나무가 나를 쉬게 한다

산정의 억새꽃 보려
허위허위 오르는 산길
산마루는 아직도 먼데
걸음은 비틀거리고
벌써 숨이 차온다.

무릎까지
빠지는 낙엽 길을
겨우 벗어났나 했더니
이번엔 소나무 한 그루
길 위에 가로 누워
나를 막아선다.

누운 소나무에 걸터앉아
바라보는 지나온 길 위로
하염없이 낙엽이 내려앉으며
내 발자국을 지우고 있다.

내 앞을 가로막던 모든 것에 대하여
가슴에 품었던 적의의 날들도
저 낙엽 속에 묻으면
내 몸도 다람쥐처럼 가벼워질까.

생의 굽이마다
수시로 내 앞을 막아서던 것들
한날 장애물이라 여겼던 것들이
내 지친 다리를 쉬게 하는 쉼터였구나.
가쁜 숨 고르라는 쉼표였구나.

포행(布行)

책상 앞에
오래 앉아 있으니 발이 저리다.
바람이나 쐴 양으로 뜰로 나갔더니
푸른 달빛 아래
달팽이 한 마리 기어간다.
겨우 제 몸 하나 숨길 집 하나
등에 지고 흐린 세상을 건너가고 있다.
처음인 듯 마지막인 듯
한없이 무겁고 조심스런 걸음이다.
몸 한 번 접었다 펴면
한 생이 다 지나갈 것만 같은데
가만 보니 어디로 가려는 게 아니다.
전생의 업보인 양 등에 얹힌 집 한 채
한순간도 내려놓지 못하는
달팽이는 자주 발이 저려 와서
이따금 그냥 거닐어 보는 것이다.
밤마다 지었다 헐고 다시 세웠던
내 마음 속의 집이 몇 채던가

생각으로 지은 집 얼마나 많아
나는 이토록 발이 저린 것인가.

달팽이의 느린 걸음 따라
천천히 거닐어 보는
내 영혼의 포행.

버들강아지의 노래

정월 초하루
차례 상 물리고 구순의 어머니
모시고 명덕온천 가는 길
이리 휘고 저리 굽은
가파른 산길 따라 눈에 밟히던
여든아홉 해 어머니의 세월
관절염에 효험 있다는 유황 온천수에 헹구어 내면
세월의 관절마다 저리고 환하던 통증 사라질까.
목욕을 끝내고
아직 나오지 않은 어머니를 기다리는 동안
산책길에서 마주친 묏버들 한 그루
젊은 날의 어머니 얼굴처럼
마냥 환하고 눈부신 버들강아지
가지마다 환하게 피어 있었네.
그리고 나는 보았네.
겨우내 겹겹이 싸고 있던 두터운 외피를 밀어내며
탐스럽게 피어난 버들강아지처럼
보얀 얼굴로 욕탕 문을 나오시던 어머니 얼굴.

뮛버들 한 그루 부신 햇살 아래
넌출넌출 내게로 오고 있었네.

제2장

견딜 만하다

꽃 앞에서의 반성

제 몸의 향기
허공에 다 내어주고
가을볕 아래
고요히 말라가는 꽃들
소슬하여라.

바람이 지날 때마다
조금씩 몸을 허무는
꽃들의 풍장(風葬)앞에서
마른 울음 삼키고 돌아서면
눈 시린 구만리장천.

사는 동안
향기 한줌 건넨 적 없이
꽃의 향기만을 탐한 죄
후생(後生)에선
어떤 꽃의 몸을 받아야
다 씻을 수 있을까.

문득 뉘우치며
꽃 잡고 길을 묻는 밤
어딘가에 열반에 든 꽃이 있는가.
밤하늘을 바삐 건너가는
쇠기러기 떼 울음소리 아득하다.

꽃몸살

한나절
구절초 흰 들판을 걸어온 저녁
온밤을 신열에 들떠 끙끙 앓았다.

꽃 들판 지나올 때
서늘한 꽃빛이
몸 안으로 스몄던 걸까.

앓는 소리를 낼 때마다
입에서 새어나온 독한 냄새에
옷깃에 묻혀온 들국 향기
점점 지워지고 있었다.

몸살은
외부로부터 위협을 느낀 몸이
스스로에게 내리는 경보라는데
악취도 오래 품으면
몸의 일부가 되는 것일까.

들국 향기에 놀란 내 몸이
밤새워 열꽃으로 피던 꽃 몸살 앓던 밤
생각한다.

몇 번이나 더
꽃 몸살을 앓아야
내 안을 꽃향기로 채울 수 있는지.

청풍호에서

바람에 흩날리던 긴 머리
그 향기 아련한데
떠나간 그 사람은 어디서
바람 속을 헤매나
수경분수의 하얀 물줄기
밤하늘 향해 오르면
마음 속 깊이 묻어둔 사랑
물안개로 피어난다.

흘러가던 저 강물이
호수에 잠들면
내 안에 설레던 그리움도
달빛 아래 잠이 들까
꿈을 꾸는 저 언덕 불빛
호수에 아롱지면
다정한 연인들의 웃음소리
물결 타고 내게로 온다.

달빛에 젖은 호수를 보며
바람 속을 걸어가면
귓전에 살아나는 그대 목소리
내 마음을 흔드네.

달맞이꽃 피던 언덕엔
소슬한 바람 불고
꽃향기 감미롭던 키스의 추억
낙엽 되어 흩어지네.

불쑥, 가을이

늦은 밤
마을버스 정류장에서
막차를 기다리는데
누군가 뒤에서
내 어깨를 툭 친다.
돌아보니 플라타너스
마른 이파리 하나가
30년 만에 길에서 우연히 마주친
눈가에 잔주름 자글자글하던
소꿉친구 미숙이처럼
잰걸음으로 저만치 달아나고 있다.

불쑥, 가을이
나를 밀고 들어왔다.

굴뚝 연기

내 살던 옛집에 가을이 깊어지면
아버지는 막힌 불 고래를 뚫는 것으로
겨울채비를 시작하셨다.
청솔가지로 굴뚝강아지를 만들어
긴 철사줄에 묶어 아궁이에 밀어 넣고
한 해 동안 묵은 재를 털어내셨다.
아궁이로 철사줄을 밀어 넣은 아버지가
승후나아~ 하고 소리쳐 내 이름을 부르면
뒤꼍에서 기다리던 나는 큰 소리로 대답하곤
불 고래를 지나온 철사 줄을 힘껏 잡아당겼다.
그렇게 불 고래를 한 번 뚫고 나면
불길이 잘 들어 겨우내 아랫목이 따뜻했다.
보일러 스위치만 넣으면 온 방안이 쩔쩔 끓어
아랫목 윗목의 구분조차 없는 세상 된지 오래지만
연기가 피어오르는 굴뚝을 보면
얼굴에 검정 묻히며 굴뚝 청소 하던 때가 그립다.
큰 소리로 내 이름 불러주시던
그 아버지 어디 가셨나.

부엉이

고향집에서
이른 저녁상 물리고
잠시 쉬어 간다는 것이
그만 잠이 들고 말았다.

다시 눈을 떴을 땐
방안은 검푸른 어둠에 싸여 있었다.
내가 어둠 속에서 몸을 일으켜 불을 켜자
내 옆에 웅크린 채 잠들었던 그녀가
불빛에 놀란 바퀴벌레처럼 소스라쳐 일어났다.

하룻밤 자고 가면 안 되냐?
너 훌쩍 가버리고 나면 부엉이처럼 말간 눈으로
나 홀로 동짓달 기나긴 밤을 어찌 밝히누?

소용없는 일인 줄 뻔히 알면서도
주섬주섬 옷을 챙겨 입는 나의 등 뒤로
그녀의 푸념이 마른 비듬처럼 떨어져 내렸다.

뒷동산 늙은 소나무에서
부엉이가 처연하게 울어대기 시작한 것도
그 무렵이었다.

별 생각

새벽잠 끝에서 튕겨져 나와
시를 써 볼 요량으로 책상 앞에 앉았으나
좀처럼 시상은 떠오르질 않고
자판 위의 커서가 깜빡일 때마다
별별 생각들이 물방울처럼, 혹은
환등기의 그림처럼 떠올랐다 사라지곤 했다.
가령, 엄마 무릎 베고 누워 바라보던
유년의 밤하늘 속 별자리라든가
어느 여름밤, 눈웃음이 매력적이던 계집애와
손깍지 끼고 별을 헤던 북한강의 별밭이라든가
속이 서해의 개펄 같은 여자와
나란히 파도를 베고 누워 구름 사이로 별을 찾던
철 지난 바닷가의 허룩한 밤 같은
선암사 새벽 예불을 참관할 욕심으로
어둠을 밟아 가파른 산길을 오를 때였다.
앞서 걷는 한 무리의 보살님들의 웃음소리
조릿대를 밟고 가는 바람소리처럼 그칠 줄 몰랐다.

에구, 저 하늘에 초롱초롱한 별들 좀 봐라.

꼭 퐁퐁으로 문지른 유리그릇 맨치로 빤짝거리네.

어머니에겐 사각의 눈이 있다

거기두 눈 많이 오냐
여긴 새벽부터 펑펑 쏟아진다.
일기예보에도 없던 큰 눈이 내려
온 세상이 하루 종일 몸살을 앓던 날도
어머니는 막내아들 안부 챙기는 걸 잊지 않으셨다.
길 미끄러우니 행여 밖에 나갈 생각일랑 마세요.
죄스런 마음에 걱정이랍시고 한 마디 얹으니
안방에서 들창 너머로 눈 구경만 하니
아무 걱정 마라 하신다.

십여 년 전
옛집을 헐고 새 집을 지을 때
어머니가 막무가내로 우기셔서
설계에도 없던 것을 벽을 뚫어 달아 놓은
작은 들창 하나.
그 창을 통해 내다보면 동구 밖까지 훤히 보여
마을로 들고나는 사람들이 한 눈에 들어오곤 했다.

비가 오면 비 온다고
눈 내리면 눈 내린다고
구순의 어머니는 그 작은 사각의 눈으로
보이지 않는 자식들의 안부를 챙기셨다.
고향집 안방의 네모 난 작은 들창은
어머니의 사각의 눈이다.
자식들의 사각(死角)을 보는

입춘 무렵

불구멍을 활짝 열어 놓으면
자주 연탄을 갈아야 하는 법이라며
제 아무리 추운 날에도 어머니는
아궁이의 숨구멍을 반만 열어 놓곤 하셨다.

숨구멍 활짝 열어젖힌 연탄아궁이처럼
뜨겁게 나를 달구던 사랑도 비끼어 가고
하얗게 식은 채 남새밭에 뒹구는 연탄재 같은
추억으로 견딘 겨울밤은 얼마나 길고 추웠던가.

언 강물 몸을 푸는 물소리에
꽁꽁 여민 옷고름 풀리듯 맺힌 마음 풀리어
마음 밭이 흥건히 젖는 봄의 들머리
오래도록 끊겼던 그대 소식을 듣는다.

겨우내 얼어붙은 내 눈물인 양
추녀 끝에 매달려 발을 치던 고드름
해종일 경을 읽으며 그대 오시는 길.

반짝이게 쓸고 있는 입춘 무렵
가만히 눈 감고 깊은 들숨으로 느껴보는
당신.

폐사지(廢寺地)에서

구순의
어머니 부축하여
회암사 오르던 길
전망대에 올라 잠시 숨을 고르며
1월의 햇살 아래 졸고 있는
옛 절터의 고요한 숨소리를 듣는다.

돌탑과
당간지주를 돌아
무너진 주춧돌을 쓸고 가는
바람이 사라진 숲 너머
사람의 마을을 오래도록 바라다본다.

천년 세월
깨어진 기왓장과
주저앉은 주춧돌 사이
시간의 지층 속에 묻혔던
해독불능(解讀不能)의 그리움의 경(經)을
눈 밝은 햇빛이 읽고 간다.

오색단청 화려한
절집 사라진 지 오래인
오래 묵은 풍경들을 뒤로 하고
산기슭을 타고 온 찬바람을 피해
전망대를 내려오며 마주잡은
어머니의 손이
의외로 따뜻하다.

뜬 모를 꽂으며

모내기 마치고
한 열흘쯤 지나서
바짓가랑이 걷어 부치고
논에 들어가 뜬 모를 꽂는다.

논을 갈고
써레질을 하고 모를 내는 일까지
몽땅 기계로 하다 보니
입 속으로 밥이 들어오려면
여든 여덟 번 손이 가야 하는 게
쌀(米)농사란 말도 이젠 옛말이다 싶은데
막상 논에 들어 뜬 모를 꽂다 보니
여기저기 빈자리가 눈에 들어온다.

이앙기로 모내기 하던 날
그 옛날 못줄 넘기며 불러 젖히던
구성진 노랫가락의 낭만은 사라졌어도
한 치의 어긋남도 없이 모를 꽂는

기계 문명 앞에 후한 찬사를 건넸었는데
뜬 모를 꽂으며
기계가 놓치고 간 자리를 보니
허투로 살아온 내 지난 삶을 많이도 닮았다.

그 빈자리에
허리 굽혀 모를 꽂으며 생각한다.
제아무리 정신 바짝 차리고 살아도 돌아보면
허방이 많은 것이 삶이라는 것을,
그 허방을 찾아 뜬 모 꽂듯이 메우고 메워야
온전한 삶이 된다는 것을.

손톱의 경계

논에서 돌아와
손을 씻는데 손톱 밑이
까맣다.

뜬 모를 꽂느라
부지런히 손을 놀리는 동안
손톱 밑으로 스민 흙물이 그어 놓았을
뚜렷한 경계.

봄볕에 나앉아
흙물 든 까만 손톱을 깎으려니
내가 모르는 그 어떤 것이
어느 날 불쑥 저 까만 손톱처럼
확연히 선을 그어 보이며
나를 부끄럽게 할 것만 같다.

내 것이나
내 것이 아닌 것들이

내 안 어딘가에서
나 모르게 자라고 있을 것만 같아
자꾸 마음 안섶으로 눈길이 간다.

채송화

누이야
지금도 기억하는가.
시오리 길을 걸어 학교에서 돌아오면
눈물자국 얼룩진 얼굴로 배시시 웃으며
나를 반기던 그때를 기억하는가.

콩밭 매러 가신 어머니
집으로 돌아오려면 멀기만 한 여름 한낮.
햇살에 발갛게 익은 얼굴로
아장아장 내게로 와 품에 안기던
나의 어린 누이야.

꽃들도 문을 닫는 저녁이 오면
너는 등에 업힌 채로 울다 지쳐 잠이 들고
머리 위론 너의 눈물처럼 반짝이는
개밥바라기별이 떠 있었지.
누이야
그때를 아직도 기억하는가.

슬픔 같은 건 몰라
울다가도 식구들과 눈만 마주치면
까르르 자지러지던 너의 웃음소리 그리운 날.
누이야, 너도 보는가.
속없이 웃고 있는 저 채송화를.

살사리꽃 신방

한 여름 길섶에 피어
샘샘 눈웃음을 쳐대는 살사리꽃을 보고
에구, 저 철없는 것! 하고
내심 혀를 끌끌 찼는데요.
아, 글쎄 흰 나비 한 쌍이
꽃 위에서 슬슬 수작을 거는 거예요.
살사리꽃 철없는 것이 나비들이
제 몸에다 신방을 차리는 줄도 모르고
나비들이 나풀나풀 날갯짓 할 때마다
살랑살랑 체머리를 흔들며 장단까지 맞추어대니
해님도 그만 낯 뜨거워 구름 속으로 숨고 말았는데요.
살사리꽃, 이 철없는 것이
자꾸 체머리를 흔드는 바람에
나비들 사랑 놀음이 흥겹지만은 않았는데요.
마음만 조급해진 나비의 날갯짓이 바빠졌는데
훅! 하고 바람 한 줄기
살사리꽃 꽃대를 흔드는가 싶더니
천지간을 자욱하게 소나기가 퍼붓지 뭐에요.

눈 먼 사랑도
한 시절, 한 순간이라는데
소나기에 화들짝 놀라 달아난 나비 한 쌍
살사리꽃이 무척이나 원망스러웠으련만
그 사정을 알 리 없는 철부지 꽃은
빗방울 간질임에 연신 눈웃음치며
허리만 배배 꼬아대니 더욱 기가 찰 밖에요.

감나무에 새잎 피듯

감나무 가지에
새잎 돋는다.

아침마다
가지에 와 울던
어린 곤줄박이
더 이상 보이지 않는다.

햇살에 그을린 가지마다
회춘하듯 뒤늦게 움트는
저 초록의 숨결

곤줄박이
눈물 떨군 자리마다
감나무 새잎 피듯이
내 안에
푸른 피 도는
오월의 아침.

견딜 만하다

참
무정한 세월입니다.

나 없이도
봄 오고 여름 오고
가을 온다던
당신

당신 없이도
가을 가고 겨울 가고
또 봄이 갑니다.

이따금
당신 그리운 것만 빼면
견딜 만합니다.

찔레꽃 향기

몸이 아프다.
햇볕 아래
너무 오래 서 있었다.
모내기 하느라
논두렁을 오가던 발바닥이
밤 깊도록 화끈거린다.

한낮의
따가운 햇살 피해
숲 그늘로 들어갔다가
흰 찔레꽃을 만났을 때
온 산을 뒤덮은
아카시아 향기에도 기죽지 않고
콧등을 타고 흐르던
그 향기
내 안에도 스몄던가.

아픈 몸
뒤척일 때마다
싸목싸목 번져나는
찔레꽃 향기
외로움도 깊으면
이렇게 향기로울까.

탁란(托卵)

위병소 앞 노점상에서
만 원짜리 싸구려 전자시계를
아이의 손목에 채워 주고
얘야, 보아라.
국방부 시계는 이미 돌기 시작했잖니
아이의 등 다독여 훈련소로 들여보내고
돌아온 저녁
벽시계 속의 뻐꾸기가 밤새 울었다.

뻐꾹
뻐꾹
뻐꾸기 울 때마다.
텅 빈 집안 가득 고이는
탁란의 슬픔.

거미에게 사과하다

개망초 핀 들길에서
거미줄에 걸린 배추흰나비를 보았다.
이승의 마지막 몸부림인 듯
상한 날개를 파닥일 때마다
흰 가루가 푸슬푸슬 떨어져 내렸다.
그냥 지나칠 수도 있었는데
손으로 허공을 휘휘 저어 거미줄을 끊어 주었더니
나비는 안간힘으로 언덕 너머로 사라졌다.
괜스레 흐뭇해져서 돌아서다가
끊어진 거미줄 끝에 아슬하게 매달린
무당거미와 눈이 마주쳤다.
그저 나비가 안쓰러워 도와준 것뿐이었는데
내 값싼 동정심이
너의 밥상을 엎고 말았구나.
거미야, 미안하다

씨팔놈! - 세상에서 차마 못할 욕

앉은뱅이 우리 밀에게
풀꽃 상을 드리러 찾아간 남해 오동마을
팔십 평생 우리 밀농사를 지었다는
이마의 주름살이 다랭이논 논두렁 같은
박 영감님은 농부에게
세상에서 차마 못할 욕이
"씨 팔 놈 !"이란다.
굶어 죽어도 종자는 베고 죽는 게 농부인데
씨앗을 팔아먹을 놈이라니!
농부에게 그보다 더 독한 욕이 어디 있겠나.
앉은뱅이 우리 밀도
영감님 말귀를 알아들었는가.
남해바다 물결처럼 푸른 밀밭이
한바탕 술렁거렸다.

눈은 수직으로 내리지 않는다

눈 오는 날
손바닥으로 눈을 받으니
금세 녹아
손금을 타고 흐른다.

무한천공을 날아
손바닥 위에서
한 방울
맑은 눈물이 될 때까지가
눈송이의 생애다.

한평생
비틀걸음으로
사랑 찾아 떠도는 목숨들
위로하듯
나부끼며 지상으로 내려앉는
눈은
수직으로 내리지 않는다.

어머니

문 밖에
낡은 의자 하나 내어 놓고
기운 초가집 같은 늙은 몸을 겨우 걸치고
날마다 나를 기다리는 그 여자.

바람 불면
이불홑청처럼 펄럭이는 옥빛 그리움으로
아물지 않은 상처에 진물이 흐르듯
눈물 같은 비가 내리면
아리고 쓰린 가슴 쥐어뜯으며
나를 기다리는 그 여자.

캄캄한
어둠이 내리면
온 집안에 불이란 불 다 밝히고
나를 기다리는 그 여자.
오지 않는 나를 기다리다가
어둠이 되고 마는 그 여자.

어머니

제3장

나를 보러 오려거든

모질다

늦은 가을 밤
수화기 속에서
한 여자가
귀뚜라미처럼 울고 있다.

한때는
한 사내의 아내였고
두 아이의 엄마였던 여자가
귀뚜라미가 되어
수화기 속에서
지난 세월을 문지르며
온몸으로 울고 있다.

밤이슬처럼 식은
눈물 한 방울
발등에 내려앉는 밤.
묵묵히
견딜 수 없는 것을 견디고 있는

내가

참

모질다.

가을을 들이다

가을 산 속에서
개미취 한 다발 꺾어
어머니 방에 꽂아 드렸습니다.
두 다리 성한 나야
꽃이 보고프면 가서 보고 오면 되지만
구순의 어머니가 꽃을 보려
산을 오르기는 쉽지 않은 일이라
꽃에게 미안하다, 미안하다 말하며 꺾어 왔는데
개미취는 산에서 보았던 환한 낯빛
그 모습 그대로
보랏빛 향기를 어머니 방 안 가득
가만가만 풀어 놓습니다.

참
고마운 일입니다.

겨울 저수지에서

저수지가 꽝꽝 얼었다.
새들도 돌아간 저녁 어스름
수묵 빛 어둠이
눈 덮인 저수지로 스미는데
낯짝만한 얼음 구멍에
천근의 근심을 달아
물속 깊이 낚싯줄을 드리운 채
입질 없는 찌처럼
낚시꾼은 미동도 하지 않는다.

꽝꽝꽝

이따금 들려오는
빙혈 뚫는 소리
저수지의 고요를 깰 때마다
내 마음에도
실금이 가는지
가슴이 욱신거린다.

꽃나무로 사는 일

열흘 붉은 꽃이 없다고
쉽게 말하는 것은
참된 꽃의 완상법을
모르는 사람들이 하는 소리지.
꽃을 달고 있을 때만 꽃나무가 아니듯
꽃이 꽃나무의 전 생애가 될 수는 없지.
하여도 꽃나무는
꽃 한 송이 피우려고 반생을 살고
그 환한 기억으로
다시 남은 반생을 사는 것을.

변치 않는
사랑이란 없다고 쉽게 말하는 것은
참된 사랑법을
모르는 사람들이 하는 소리지.
곁에 있을 때만 사랑이 아니듯
멀리 있다고 사랑이 끝난 것은 아니지

참된 사랑이란
하루를 만나기 위해 한 해를 살고
그 하루의 기억으로
다시 한 해를 살아갈 힘을 얻는
한 그루 꽃나무로 사는 일이지.

박속같이 고왔던 당신

미수(米壽)의 생일상을 받던 날 아침.
당신은 말갛게 씻은 얼굴로 작은 거울 앞에 앉아
내게도 박속같이 고왔던 시절이 있었노라며
저승꽃 가득한 얼굴만 하염없이 쓰다듬었지요.
당신 얼굴에 가득 피어난 검버섯을 보며
가지를 꺾어 감을 따는 까닭에
그 꺾인 가지의 상처마다 빗물이 스며들어
몸속에 아름다운 무늬를 간직하게 된다는
먹감나무 이야기를 생각했습니다.
당신의 주름진 얼굴 위로 피어난 저승꽃은
세상 속에 홍시처럼 환한 등불 되라고
여섯 남매 태를 가를 때마다 생겨났을 그 상처
여지껏 아물지 않아 먹감나무 무늬로 피는 것은 아닌지
박속같이 고왔던 당신은
이제 먹감나무 한 그루로 서 있는데
세상을 밝히는 등불은커녕 까치밥도 되지 못한
이 불효를 어찌 용서를 빌어야 하는 것인지
부를수록 목 메이는 이름입니다.

아, 내 어머니

눈 내린 숲에서

당신을 보내고
홀로 눈 내린 숲길을 걸었습니다.
이파리 하나 남김없이
모두 내려놓은 나무들은
가지마다 부신 눈꽃을 달고
환하게 웃고 섰는데
사철 푸른 소나무만이
눈의 무게를 감당치 못해
가지가 휘어져 버렸습니다.
떠난 뒤에도 내려놓지 못한 당신의 사랑
나의 가지를 휘게 하고
휘인 만큼 난 또 아픕니다.
어디선가 들려오는
가지 찢긴 소나무의 비명 소리
눈 내린 숲의 고요를 흔들고
난 내려놓지 못한 당신
사랑의 무게 때문에
서둘러 숲을 떠나오고 말았습니다.

나무, 푸른 수의를 입다

장맛비 그친 산을 오르다
숲 속에 몸을 누이고
푸른 이끼를 덮고 있는 고사목을 보았다.
수십 년, 혹은 수백 년을
몸 한 번 누인 적 없이
제 뿌리 뻗은 만큼만 가지를 뻗고 세월을 견디다
마지막 가는 길에서야 몸을 낮춰
오체투지로 열반에 들었을
쓰러진 나무의 나이테를 들여다보며
저리 고요해지기까지의 지난 생을 헤아려 본다.
햇살의 간지럼에도 마냥 자지러지며
오직 태양을 향해 키를 키우던 날들.
제 안의 뜨거움을 참지 못하고
가지마다 꽃을 피워 달고 달큰한 향기로
허공을 채우던 눈부신 날들도 있었을 것이다.
바람이 지날 때마다 수 천 수만의 초록 잎새를 흔들어
세상의 새들을 불러 모으던 청청한 시절도 있었을 것이다.

캄캄한 어둠 속에서 속울음 울며
세찬 비바람을 견딘 밤도 무수히 많았을 것이다.
눈의 무게를 견디지 못해 스스로 가지를 꺾으며
생살 찢기는 고통을 참아야 했던 순간은
또 얼마나 많았을 것인가.
나무의 지난 생을 복기 하는 동안
바람의 전언을 듣는다.
쓰러지는 것은 곧 세상에 지는 것이라고
사는 동안 단 한 번도 누워 본 적 없는
휘어져 더욱 곧은 저 영혼을 보라.

화살기도

강을 건너와
몸도 마음도 앓고 있는
선배를 만나고 돌아간 시인은
부디 건강하시라고,
오래오래
이 길을 함께 갈 수 있게 해달라고
두 손 모아 화살기도를 올렸단다.
화살촉마다 마음 속 염원을 듬뿍 묻혀서
선배가 생각날 때마다
그가 사는 강 건너로 힘껏 쏘아 올렸단다.
언제 어디서든
그 무엇에도 얽매이는 일 없이
진정이라는 시위 하나만 있으면
누구라도 날릴 수 있다는
화살기도
그 화살촉 박힌 자리마다
붉은 꽃 한 송이씩 피어났겠지 생각하다가
내게 묻는다.

나 아닌 누군가를 위해
화살기도 한 번 쏘아 올린 적 있는가.

생강나무 꽃

생 솔잎 씹으며
마른 가랑잎 밟아 산을 오르는 길
섬진강엔 벌써
매화꽃 눈처럼 져 내린다는데
봄이 늦은 내 고향의 산 빛은
마음의 짐 다 부리지 못한
내 안섶처럼 어둡다
묵은 낙엽위에서 번번이 허방을 짚으며
너럭바위에 올라 앉아 가쁜 숨 몰아쉬다가
햇병아리 솜털처럼 노란
생강나무 꽃을 보았을 때
겨울 빛 가득한 산기슭에 홀로 노랗게
꽃등 켜든 생강나무 꽃그늘 밑을 서성이며
내 생의 한 때
어둠 속에 반짝이던 것들을 떠올렸다.
생강나무 저 노란 꽃이
온 산의 겨울 빛을 지울 수는 없어도
잠든 숲을 흔들어 깨울 수는 있듯이

내 어둔 마음 안섶의 반짝이는 것들이
나를 깨어나게 하리라.

그대 강화에 가시거든

그대 강화에 가시거든
살아온 날들의 남루는 다 벗어버리고
살아갈 날들의 희망만 가슴에 품고 가시라
행여 팍팍한 이승살에 조급증이 일더라도 종종걸음일랑 치지 말고
물 빠진 개펄을 건너는 낙지의 느릿한 발걸음을 따라
천리 길을 달려온 한강물이 염하에서 바다로 스미듯
연미정에 올라 강화의 풍경 속으로 안개처럼 슴배어 드시라
심도기행은 마음속으로 난 길을 따라 걷는 일
걷다가 가시가 생의 전부인 사기리의 탱자나무를 만나거든
지난봄에 피었던 탱자 꽃의 안부를 물어도 좋으리.
몸보다 마음이 먼저 가닿는 마니산에 올라
참성단 한 모퉁이 외롭게 선 까치박달나무의 수피를 어루만지며
깊고 긴 호흡으로 생생한 기운을 가슴에 담으면
이 추운 계절 건너가는 든든한 버팀목이 되어주리라.

삼랑성 전등사에 들러 대웅전 처마 끝 나부상을 찾아
이승의 누추한 지나온 삶을 곰곰이 되짚어보고
맺히고 옹이 진 마음 바다에 풀어 놓으시라
행여 초지대교 옆 황도의 나무길이나 동막해변에서
눈 맑은 시인을 만나거든 가볍게 눈인사만 나누고
굳이 세상의 모든 곳 마다하고 강화에 사는 까닭일랑 묻지 마시라
누구라도 강화에 가실 때에는
사는 동안 날카로운 가시에 찔린 상처 하나쯤은 품고 가시겠지만
행여 말랑말랑한 뻘밭의 유혹에 마음 빼앗겨
섣부르게 자신의 속마음을 바다에 고백하진 마시라 .
외포리에서 갈매기 떼에게 새우깡을 나눠주며 바다를 건너
낙가산 보문사 눈썹바위 아래 부처님 얼굴에 저녁노을이 번지면
빙그레 웃는 부처의 미소가 그리운 이를 닮아가리

가시 박힌 생의 어느 마디쯤 탱자꽃처럼 눈부시게 피어 있을
그리운 이의 이름을 가만가만 불러보시라.
그러면 마치 그 부름에 화답이라도 하듯
희붐한 해무 사이로 범종 소리 우렁우렁 달려오고
하늘엔 못 보던 별들이 새로이 돋아 오리니
그대 강화에 가시려거든
부디 천망(天網)의 그물에도 걸리지 않는
바람 같은 마음만 가져가시라.

입추 무렵

아침마다
무장무장 물안개 피어오르고
햇살 쨍한 오후의 쪽빛 하늘가로
솜구름이 뭉게뭉게 피어났습니다.
물잠자리 한 마리가 꽁지로
고요한 수면을 톡, 톡, 칠 때마다
호수면엔 수많은 동그라미 종소리처럼 퍼져가고
물낯에 비친 개옻나무 붉은 잎 하나
바람의 선율을 타고 하냥 흔들렸습니다.
붉은 꽃술을 단 여뀌 꽃들이
촘촘히 수를 놓은 저수지 둑 위로
게으른 달맞이꽃이 거미줄을 목에 건 채
그리움의 염주를 굴리는
아침 속을 거닐 때마다 나는
까닭도 없이 명치끝이 따끔거렸습니다.

우리 집에 놀러 오지 않을래

보랏빛 꽃향기에 그을린
등나무 그늘이 얼마나 좋은지 몰라.
허공을 감아 올린 등꽃그늘 아래에 앉아 있으면
한순간 세상은 달큰한 봄잠 속에 잠기고
가파르고 모난 생각들이 꽃잎처럼 부드러워져
햇빛을 좇는 꽃들은 태양을 향해 목을 빼며 피어나지만
수줍음 많은 등꽃은 푸른 그늘 아래 몰래 꽃을 피우지
보랏빛 꽃등을 켜 든 등나무 밑 평상에 몸을 누이면
무시로 져 내리며 간지럼 태우는 꽃잎의 화음이 얼마나 좋은지 몰라.
기별도 없이 불쑥 찾아와 나의 어깨를 툭 치며
등꽃 그늘 아래서 너랑 술 한 잔 하고 싶어 왔어.
네가 그렇게 말해준다면 이 봄날이 얼마나 눈부실까.
제 그늘 속에 들고서야 비로소 꽃등을 켜는
의금상경(衣錦尙絅)의 등꽃 그늘 아래서라면
촌부로 살아가는 나를 잘 설명할 수 있을 것 같은데
팍팍한 네 생각의 틈새에도 푸른 물기가 돌 것도 같은데
이 봄날 다 가기 전에
우리 집에 놀러 오지 않을래.

옷에 묻은 먼지를 털듯
서울살이를 훌훌 털고 고향으로 내려간
친구의 목소리에선 통화를 하는 내내
은은한 꽃향기가 번져났다.

궁남지에서

당신인가요
나를
이곳으로 인도하신 이.

바람도 없는
허공으로 소문처럼 번지던
향기에 이끌리어
마침내 다다른 궁남지
연꽃 방죽.

연잎 밟고 가는
바람을 흉내 내어
사뿐한 걸음 옮길 때마다
출렁이는 이 설렘은
당신의 사랑인가요.

개망초

그대 떠나고 난 뒤
나는 굴뚝처럼 외로워져서
묵정밭 하나
가슴에 품고 살았다.

다시는 오지 않을 사람인 줄 알면서도
잠시
눈길 주는 사이
시간은 계절의 발목을 돌아
산발머리 하얗게 개망초 꽃을 피우고

주홍부전나비 한 마리
개망초 꽃 위에 앉아
그리움의 빨대를 꽃 속으로 밀어 넣는다.

동강할미꽃의 말

태양을 향해
피어야만 꽃이 아님을
할미꽃 피는 마을에 와서
깨닫는다.

숨어 피는 꽃이
더 어여쁘다는 것을
바위틈에 핀 동강할미꽃을 보고
겨우 알아차린다.

한평생
바람으로 떠돌며 걸음마다
시의 꽃을 피우던 사내
고요히 잠든 김삿갓 계곡에 와서
하늘 우러러 피는 꽃만 사랑한 죄
뒤늦게 뉘우치는데
은산철벽 위
동강할미꽃 하나

달래듯 가만히 내게 속삭인다.
고개 숙인 꽃의 향기가
더 멀리 간단다.

국화차

부여 궁남지로
연꽃 보러 가는 길에
선물 받은 국화차.

먼 길 달려 와
정성으로 곱게 싸서 건네는
손끝에서 번지던 은은한
감국 향기
내 뒤를 따라 왔는가.

찻물 끓여
마른 꽃 몇 송이 띄우면
찻잔 가득 국화꽃 생생히 피어나서
내 안에 깃든
어둠을 가만가만 밀어낸다.

국화차 한 잔 마실 때마다
모난 생각 달처럼 둥글어지고

노란 들국화 만발하여
달큰한 향기로 나를 감싼다.

빈 둥지

새들이 떠나간 나무 위
빈 둥지 하나
위태롭게 바람을 타고 있다.

새들이 날아와
둥지를 틀고 알을 품던 봄날을
아침저녁으로 들려오던 새들의 노랫소리를
둥지에서 날아오르던 아기 새의 날갯짓 소리를
아직도 기억하는 나무는
빈 둥지가 바람에 흔들릴 때마다
소리 없는 제 울음을 몸속에 그려 넣는다.
새들이 떠나간 숲에
적막이 찾아오면
빈 둥지는
나무에게 따뜻한 추억이 된다.
아프지만 결코
지우고 싶지 않은
첫사랑 같은

부끄러운 나는

별 하나 없는 밤을 지치도록 걷다가
제풀에 지쳐 젖은 빨래처럼 바닥에 몸을 뉘이면
나는 습관처럼 캄캄한 죽음을 떠올렸다.
가난한 이에게는 사랑도 사치임을 알아버린 나는
허기진 뱃구레가 울 때마다 헛구역질을 했다.
솔직하기 그지없는 몸뚱이와
정신만 파랗게 살아서 인광처럼 빛을 발하는
영혼의 간극은 별보다 멀다.
살아 있기 위해 얼마나 더 많은 치욕을 견뎌야 할까.
새 아침을 맞이하기 위해선
몇 겹의 어둠을 더 둘러야 하는가.
밤 새워 바위에 몸을 부딪쳐
푸른 멍이 든 파도는
왜 하얗게 부서지는 것인지
생각이 깊어질수록 허우적거린다.
마냥 부끄러운 나는

입춘

몸을 움직일 때마다
겨울을 건너온 뼈마디에서
우두둑 우두둑
삭정이 부러지는 소리가 난다.
오늘도 창밖엔
늙은 느티나무 삭정이를 흔드는
북풍의 심술이 사나운데
춥고 어두운 마음에
꽃등 하나 내어걸며
봄을 그리는 입춘(立春)
삐걱이는 환절의 마디마다
꽃 한 송이 피어날 것만 같아
춥지만
춥다고 말하고 싶지 않은

외상값을 치른다

아내가 친정 가고 없는 날
혼자 먹는 밥이 싫어
뭉개다가 꼬르륵 뱃고동 소리에 놀라
서둘러 밥상 차려
늦은 저녁을 먹는다.

뱅어포 조림 맛이 일품이네
김칫국물이 엄청 시원하구먼.
오이김치 아삭한 것이 맛나네.
역시 된장찌개 구수한 맛은
당신이 끓인 게 최고야.

혼자 먹는
밥상 건너편에
멀리 있는 당신을 앉혀놓고
가슴에만 숨겨두고 차마 건네지 못했던
묵은 외상값을 치른다.

어머니
고치 속에 들어가 주무시네

- 우화등선[羽化登仙]

한 숨을 자고나면
다른 세상 보일런가.

또 한 잠 자고나면
다른 하늘 열릴런가.

한평생 뜬 눈으로
지새우신 자식사랑

꽃잠 속 분홍 꿈도
허물인 양 벗어 놓고

푸른 욕심 다 버리고
끝잠 잔 누에처럼 맑아지신
어머니

백발로 지으신
고치 속에 들어가 주무시네

하늘 길 가시려고
나비 꿈을 꾸시는가.

우화등선 우화등선

어머니
백발로 지으신
고치 속에 들어가 주무시네.

봄을 굽다

오늘은
목련꽃이 필까

몇 날을 두고
백목련 꽃나무 아래를 맴돌던
엄니의 고향 마당에
이야기꽃이 먼저 피었다.
서울에서 내려온 사촌과
마당가에 모닥불을 피우고
돼지고기를 굽는 봄날
지난 세월이 흰 연기로 피어오르고
왁자한 뜨락을 채운 고기 냄새보다
더 진하게 번지던 사람 냄새.

사는 일이
끊임없이 냄새를 풍기는 일이라면
입 안 가득 침이 고이는
이렇게 기름진 냄새였으면 좋으리.

봄이 늦어
유난히 쓸쓸하던 고향 뜨락에
이야기 꽃 환하게 피던 날
솔잎주 한 잔
지난 세월 위에 고기 한 점 놓아
양 볼 미어지게 밀어 넣으시는
망백(望百)의 어머니 볼에
진달래 꽃물 들었다.

어머니의 건망증이 내 배를 불리네

평생을 농부의 아내로 산
구순의 어머니는
내 논에 물 들어가는 것과
자식 입에 밥숟가락 들어가는 것을
바라보는 것만큼 흐뭇한 일은 없다는 말을
입에 달고 사신다.
강산이 아홉 번이나 바뀌는 세월을 사는 동안
희어진 머리카락만큼이나
머릿속도 함께 하얘지신 어머니는
방금 한 일도 까맣게 잊는 일이 다반사인데
막내아들 입 챙기는 일만큼은 절대로 잊는 법이 없다.
내 방에 앉아 잠시 책이라도 보고 있을라치면
어머니는 수시로 내 방문을 열어젖히며
찐 감자나 옥수수, 앵두와 살구, 텃밭에서 갓 따온
참외와 토마토 같은 것들을 들이미시곤 한다.
조금 전에도 주셨잖아요! 하고 퉁박이라도 주면
주름 가득한 얼굴로 배시시 웃으시며

내가 깜빡했구나, 난 안 줬는줄 알았지,
기왕 가져온 거 더 먹으려무나 하신다.
그럴 때마다 나는
건망증 지독한 다람쥐가
겨울 양식을 하려고 땅 속에 묻어 놓은 도토리가
싹을 틔워 푸른 숲을 가꾼다던
어느 숲 해설가의 말을 떠올리곤 한다.

다람쥐의 건망증이 푸른 숲을 키우듯
어머니의 건망증이 나의 배를 불린다.

나를 보러 오려거든

나를 보러 오려거든
부디 해 부신 날은 말고
명주실 같은 는개비 내려
안개가 숲을 가득 메운 날을 골라 오거라.
살이에 부대끼느라 바짝 가뭄 든 마음 밭
풀풀 날리는 마른 먼지에 더 이상 눈 뜰 수 없거든
그때 나를 보러 오거라 .
막차 시간 급한 사람처럼 조급해져 서둘지는 말고
바투 쥐었던 마음의 한껏 고삐 늦추고
농부가 삽 한 자루 들고 물꼬 보러 논두렁길 가듯
민들레 씀바귀 애기똥풀 미나리아재비 같은
길섶에 핀 들꽃들과 눈인사하며 천천히 오거라
산을 오르다 이깔나무 숲에서 청솔모를 만나거든
딱새 둥지 속 빼꾸기 탁란의 근황을 물어도 좋으리.
묵묵히 산을 지키는 늙은 소나무의 수피도 좀 쓰다듬고
철따라 피고 지는 산꽃들의 안부도 일일이 물으면서 오거라.
숲에 들거든 손목에 차고 있던 시계를 풀고

숲의 시간 속에 스스로를 방생하여 잠시라도
안개처럼 나무와 나무 사이를 흘러보아라.
이 아비가 시계 없이 팔십 평생을 농부로 살았어도
한 해도 농사를 그르치지 않았던 것은 단 한 가지
나무의 분침, 숲의 시침을 눈여겨보았던 덕분이었다.
허리까지 차오른 풀 섶을 헤치느라 바짓가랑이 젖고
물을 잔뜩 먹은 신발에 발걸음이 무거워지거든
등에 지고 온 고단한 삶의 짐은 다 내려놓고 오거라.
세상을 건너느라 옹이 박힌 마음 너무 탓하지는 말고
상처를 아름다운 무늬로 만드는 나무처럼
네 생의 결 고운 무늬 되기만을 소망하거라.
산은 늘 거기에 있고 그 산을 떠나지 않는 나무처럼
애비는 언제나 이곳에서 너를 기다리나니
좋은 날은 아니 와도 괜찮으니
세상에 버림받고 마음에 잔뜩 궁끼 돌아
이도저도 어쩌지 못할 때,
그때 나를 보러 오거라

행여 이 애비 뒷등에 얼굴을 묻고
눈물 펑펑 쏟는다 한들
산중의 식구들 누구 하나 탓하지 않으리니.

파밭에서

배추흰나비
슬픈 나래짓 따라
파밭 머리에 앉으신
어머니.

오월의 햇살 아래
흰 머리카락 더욱 눈부시다.
화관을 머리에 이고 선
속빈 대파처럼
생의 매운 맛
대궁 속에 숨기고
순은의 화관을 쓰신
어머니 머리 위로
흰 나비 춤사위 서러운
오월.

이깔나무 숲에서

내 아버지 생전의 소원처럼 바람이 되셨을까
바람도 벼이삭 수런대는 금빛들판을 단숨에 가로 질러
밤나무 가지 알밤을 후둑후둑 떨구는 가을바람이
이깔나무 숲에 이르자 비에 젖은 가지들이
파도소리로 일어서며 일제히 물방울을 털어낸다.
눈물도 얼마만큼 차오르면
한 번씩은 쏟아내야 하는 것
가끔은 나무도 겨운 슬픔으로 흔들릴 때가 있지
늘 푸른 소나무처럼
날카로운 바늘잎을 지녔으면서도
가을이 깊어지면 청청함을 버리고 노랗게 단풍져 내리는
이깔나무, 그 숲에 들면 나직한 아버지의 음성
바람소리로 되살아온다.
밤나무 감나무처럼 주렁주렁 열매를 매달지도 못하고
소나무 전나무처럼 세상 떠받칠 번듯한 재목도 못되지만

이깔나무는 비바람에도 휘지 않고 곧게 크지 않느냐
살아가면서 가장 큰 허기는 분수를 모르는 욕심이지
사철 푸른 소나무는 그 푸름 때문에 가지가 휘이고
감나무는 탐스런 열매 때문에 가지가 찢기기도 하지만
함부로 가지를 뻗지 않는 이깔나무를 보아라.
때가 되면 스스로 물들어 잎을 떨구는 이깔나무는
눈비에도 쉬이 꺾이는 법이 없지 않더냐.
혼자서는 결코 근사한 풍경이 못되지만
무리지어 숲을 이루면 든든한 배경이 되는 이깔나무
이만하면 더없이 좋은 바람의 둥지 아니겠느냐
제 아무리 품이 너른 나무라 해도
세상의 모든 바람을 품을 수는 없는 법
네 안에 욕심 부리지 못해 흔들리는 날에는
부디 여기, 이깔나무 숲에 와서 지켜 보거라.
나무와 나무 사이를 천천히 거닐며
이깔나무가 바람과 어떻게 어우러지는지를

신 귀거래사 (新 歸去來辭)

나 돌아가리라
볕 바른 언덕 위에
세상에 지친 몸 하나 뉘일
작은 초가집 짓고
나 이제 고향으로 가리라.

몸이 중심을 향해 다가가면 갈수록
마음은 점점 변두리로만 밀려나던 저자거리는
애당초 나의 거처가 아니었다.
'세상에서 얻은 이름이라는 게 헛묘 한 채'인 줄
진즉에 알아채지 못한 죄
아쉬움이 남지만 후회하진 않으련다.
사내는 울타리 밑을 돌더라도
바깥에서 돌라시던 어머니 말씀은
내 몸의 거처를 가리킨 게 아니라
너른 마음의 품을 간직하란 뜻인 줄
이제라도 깨달았으니 더 늦기 전에
어머니 계신 그 곳으로
나 돌아가리라.

아가의 낯을 씻겨주는 엄마의 손길처럼
순은의 아침 햇살이
산의 이마에 묻은 어둠을 닦아주는 아침이면
마당가의 조잘대는 참새 소리에 눈을 뜨리.
나는 날마다 풀잎에 맺힌 찬 이슬을 차고
아직 어둠이 남아 있는 숲길을 걸어
작은 샘가로 가서 시린 샘물로 목을 축이고
꽃들에게 아침 인사를 건네며 하루를 시작하리.

철따라 새로운 꽃들이 피어나
천지간을 맑은 향기로 가득 메우고
숲에선 주둥이 노란 아기 새들이 태어나리.
자연의 책갈피 사이로 몸을 끼워 넣으면
마악 글을 배워 책을 읽는 아이처럼
나의 하루하루는 늘 신비롭고 새로워져서
흉중에 미처 지우지 못한 속된 욕심쯤은
아침 햇살에 안개 걷히듯 사라지리.

낮에는 들로 나가
나의 허기를 메울 몇 뙈기의 곡식을 키우고
뜨락 모퉁이엔 작은 꽃밭을 일구리.
어둠이 내리면 달빛 아래 책을 읽으며
처마 밑에 잠든 참새의 숨소리를 들으리.
비가 오면 홀로 앉아 빗소리에 귀 기울이고
눈이 오면 눈길을 걸어 벗을 찾아가
먼 산 어둠 속에서 새끼노루 울음소리를 들으며
옛 이야기 안주 삼아 술잔을 기울이리.
눈 그친 새벽이면 어린 별들과 함께
눈 덮인 마을에 아침이 오는 것을 지켜보리라.

태양 아래 새로운 것이 있으랴.
평생을 고향의 바람 속에서 흙을 밟으며
자연의 섭리에 순응하며 살다
고요히 선산에 누우신 조상님들처럼
순순히 내게 주어진 생을 수납하며 살다 가리라.

먼 곳을 떠도느라 미처 익히지 못한
꽃과 나무가 들려주는 침묵의 언어들을 받아 적으며
내 안이 환해지는 시를 만나기를 소망하며
내게 남은 길을 천천히 걸어가리라.

일몰을 놓친 이유

한 해의
마지막 일몰을 보려고 찾아든
왜목마을 후미진 바닷가
허름한 좌판에 쪼그려 앉아
굴 한 접시 시켜 놓고 소주잔 기울이다
생굴 까는 할머니 손에 눈길이 가닿았다.

장갑 낀 왼손으로 굴 껍데기를 움켜쥐고
쪼시개를 잡은 오른 손엔 장갑도 없이
굴 까는 할머니의 손놀림이 예사롭지 않았다.
얼뜬 호기심에 한참을 지켜보았던 것인데
주름투성이 손등은 소나무 껍질처럼 갈라지고
물에 젖은 손가락이 탱탱 얼어 불 켠듯 발갛다.

맵찬 바람이 수없이 실금을 긋고 가고
소금기 많은 바닷물이 그 틈을 조금씩 벌렸을
할머니의 얼어터진 손을 보고 있으려니
묵은 근심 걱정은 지는 해에 실어 보내고

가슴에 붉은 해 하나 품어 가려던 나의 생각이
넘치는 호사였음을 뒤늦게 깨달았다.

자리를 털고 일어설 때
공연히 미안해져서 할머니 손에
지전 한 장 얹어 꼬옥 쥐어드렸던 것뿐인데
굴 한 접시, 소주 한 병에
만원이나 더 받는 것은 경우가 아니라며
한사코 뿌리치는 할머니와 옥신각신 하다가 그만
일몰을 놓치고 말았다.

미조 포구에서 만난 미륵

남해 삼동파출소에서 남해 지킴이로 근무하는 곽기영 씨는 남해에서 나고 자란 토박인데요. 남녘의 햇살처럼 따뜻한 정이 넘치고 쪽빛바다만큼이나 심성이 맑아서 제아무리 사납고 모진 사람도 그와 눈 한 번 마주치고 나면 꼼짝없이 순한 양이 되고 맙니다. 자신을 똑 닮은 두 아들을 둔 쌍둥이 아빠인 그와 함께 미륵이 도운 땅이란 이름의 미조(彌助)포구를 지나칠 때 어렵사리 꺼내놓은 이야기는 지족 죽방렴([竹防簾)에서 건져 올린 짭조름한 멸치 맛 같기도 하고, 남해의 햇살과 바람에 제대로 맛이 든 달고 매운 마늘 맛 같기도 해서 나도 모르게 눈시울이 그만 뜨거워지고 말았습니다

자식들 모두 대처로 떠나보내고 고향에 홀로 남은 어르신들 찾아뵙고 안부를 챙기는 일도 지킴이의 하 많은 업무 중에 들어 있는 데요. 순찰차를 타고 어르신들 찾아뵈러 갈 땐 제 아무리 뜨거운 여름날에도 자동차 에어컨을 꼭 끄고 다닌다는 것이었는데 그 까닭을 물으니, 어르신들은 온종일 뙤약볕 아래 땀을 뻘뻘 흘리며 일하시는데 차타고 다니는 것만도 송구스러운데 에어컨 바람까지 쐰다면 그건 너무 염치없는 일 아니냐고 되묻는 바람에 한 순간 나는 머쓱해져서 마침 날아 오른 갈매기의 궤적을 눈으로 쫓다가 문득 옆자리를 훔쳐보니 곽기영 씨는 온데간데없고 미륵님이 운전석에 앉아 꾸벅꾸벅 졸고 있는 것이었습니다.

상상, 혹은

당신을 보낸 뒤
난 많이도 쓸쓸했는데
새로운 버릇 하나 생긴 뒤로는
그 쓸쓸함도 견딜 만해졌습니다.

그것은
아름다운 풍경을 만날 때마다
당신 자리를 마련하여
내 곁에 당신을 그려 넣는 것입니다.

내가 노란 유채꽃밭에 서면
당신도 내 곁에서 유채꽃을 바라보고
내가 아카시아 향기에 코를 벌름거리면
당신도 내 곁에서 살포시 눈을 감고
함께 꽃향기에 취하는 것이지요.

이제 내가 어떤 풍경을 만나든
내가 어떤 향기에 취하든
언제나 함께 나누는 이는 바로 당신입니다.

상상, 혹은
공상 속의 일일 뿐일지라도

비 오는 밤

온 밤을 지켜 비가 내리고
끝 간 데를 모르는 마음만
빗물 따라 흘렀습니다.
오늘밤엔 또 얼마나 많은 꽃들이
지상으로 꽃잎을 내려놓았을까요.
씨방이 부풀어 오르는 꿈을 꾸며
빗물에 쓸리면서도 하냥 흐뭇했을까, 그 꽃잎.
떠나가는 것들은 모두 서러움이라지만
목숨 지닌 동안은 모두가 꿈을 꾸는데
속으로 품지 못한 내 설움만
추녀 끝 빗소리로 밤을 지새웁니다.

꽃나무 같은 사람

꽃나무 같은
사람이 되자하시던 당신 말씀이
바람결에 다시 되살아났습니다.
나뭇가지에 붉은 꽃망울을 터뜨리고
연록의 잎눈을 틔우는 것이
바람인 줄은 진즉에 알고 있었지만
내 귓전을 울리고 가는
당신의 말씀이 내 마른 가지에
연둣빛 새순을 피워 올리고
자잘한 꽃송이들을 터뜨릴 줄은
차마 예전엔 몰랐던 일입니다.

당신이 주신
푸른 그 한 마디가
이 좋은 봄날,
나를 한 그루 꽃나무로 살게 합니다.

제4장

눈물샘 너머에 사는 당신

눈물샘 너머에 사는 그대

그대는 내 눈물샘 너머에 살아
그대 생각하면
내 안에
안개 자욱이 피어나고

그대는
내 빈 가지에 둥지를 튼
한 마리 새가 되어
밤마다
나의 잠 속으로 날아드네

그리운 그대
돌아올 계절은 멀어
달빛 아래
빈 둥지 외로운 밤이면
내 더운 눈물
강 안개로 피어오르네

그런 날

까닭모를 슬픔이
가슴에 가득해지는 날이 있다.

알 수 없는 설움에
목젖이 뜨거워지는 날이 있다.

창문을 열어도
강 건너 숲이 선명해 지지 않고
정오가 가깝도록
내 안의 안개 걷히지 않는 날이 있다.

헤어진 지 오래인 애인에게서
전화가 걸려올 것만 같아
핸드폰을 손에서 내려놓지 못하는 날이 있다.

정말 그런 날이 있다.

햇빛 들이치는 날엔

오늘처럼 햇빛 들이치는 날엔
지나간 시절일랑 생각을 말자.
바람 부는 어둔 기억의 숲에선
아픈 기억들이 홀씨처럼 떠가고
강물 위로 띄워 보낸 사랑의 종이배는
아직 바다에 이르지 않았다.

바람 속에 들꽃들도
모두 제 몫의 그리움으로 흔들리고
앵두꽃 이파리 하나
허공을 맴도는 시간만큼의 짧은 만남은
오늘도 긴 강물로 누워 그대 곁을 흐른다.

오늘처럼 햇빛 들이치는 날엔
아직 오지 않은 시간일랑 기다리지 말자.
가슴에 꼭꼭 숨겨둔 꽃눈 하나
저 부신 햇빛 속에 내어 미는 일만으로도
우리의 봄은 너무 짧다.

오늘처럼 햇빛 들이치는 날엔
푸른 바람 속에
다만 우리의 인연을 방생하기로 하자.

지렁이 한 마리

부슬비 내리는 이른 아침
젖은 아스팔트 위에
지렁이 한 마리 기어간다.

어쩌자고
저 눈도 발도 없는 것이
사람들 발길 잦은 도로 위에
겁도 없이 냉큼 기어 나왔는지

퉁퉁 불은 우동 면발 같은
저 작은 몸뚱이를
몇 번이나 접었다 펴야
흙내음 물씬한 땅에 닿을 수 있을까.

아무리 생각해도
무모하기만 한 지렁이의
아득한 행로를 짚어보다가
생각한다.

꿈꾸었을 뿐
그대 향해 한 발짝도 다가서지 못하는
나의 비겁함에 대하여

어여쁜 당신

벌써 봄이
저물고 있습니다.
따뜻한 당신 눈물 뒤에 기대어
적막 같은 어둠 속으로
건넸던 아픈 한 마디
올 봄 내내
황사 바람으로
나의 하늘을 불어 갔습니다.

무리지어 피어난
노란 씀바귀 꽃들이
먼 길 떠나는
민들레 홀씨를 향해
체머리를 흔드는
늦은 봄날
당신의 눈물이
일궈 낸 꽃밭에 앉아
그리움의 꽃말을 새깁니다.

암만 생각해도
너무도 어여쁜 당신
이 봄날 저물기 전에
강물처럼 흘러서
당신의 바다에 이르리라.
기우는 마음 속 당간지주
오롯이 일으켜 세웁니다.

작은 기다림

밤새 내린 비를 다 맞았을
나무들의 낯빛이 환했습니다.
하얀 김 서린 목욕탕을 걸어 나오며
머리의 물기를 털어내는 여인처럼
이따금 이파리의 물기를 털어내느라
진저리를 치는 나무들 곁을 지나며
날마다 조금씩 시들어가는
내 안의 작은 그리움의 나무도
그대 맑은 눈물에 몸을 씻어
다시 싱싱해지기를 바랐습니다,
스스로 눈물 흘리지 못하는 나무들이
빗물로 제 몸의 먼지를 씻어내듯
안으로만 잦아드는 내 작은 기다림은
그대의 더운 눈물로 씻어내야 할
세월이란 것을,
그 세월을 오롯이 견딘 후에야
비로소 만나질 그대란 것을 생각합니다.

강물 같은 사랑

강둑에 앉아
오래도록 강물을 지켜 본
사람은 알리라.

밤낮없이 아래로만 흘러
누구와도
두 번 마주치는 법이 없는 강물이
왜 한 번도
낯설게 느껴지지 않았는지.

숨을 죽이고 조용스레
우리의 곁을 지나친 강물이
산모롱이를 돌아 나갈 때
허연 물굽이를 틀며 끄응, 하고
깊은 신음 소리를 내는 것인지

내 마음엔 벌써 비 내리는데

비가 와요!

물기 젖은 음성으로
그대, 내게 말했을 때
나의 하늘 가득 몰려오던
회한의 먹구름
아무에게도 들킨 적 없는
그대 눈물 아니고선
결코 젖지 않는 나의 영토 위로
오늘은 비가 오려나.

보고 싶어요!

꽃물 흠뻑 배인 목소리로
그대, 내 귀에 속삭였을 때
나의 하늘에선 한나절 꽃비 내리고
마른 먼지 피워 올리던 나의 꽃밭에선
넝쿨장미 한 송이 피었다.

내 피보다 더 붉은

사랑해요!

땅을 흔드는 우레 소리보다
더 깊은 울림으로 들려오던
그대의 마지막 말 한마디에
한쪽으로만 속절없이 기울던 하늘

내 마음엔 벌써 비 내리는데

입맞춤

들어 보셨나요
마른 어깨를 추스리는
나무 그림자 사이로
비밀스런 꽃잎이 열리는 소리
바람이 자전거를 타는
한적한 공원 모퉁이
홀로 그네 뛰는 내 마음을 보셨나요.

그리움만으로도
이미 피는 팔팔 끓어오르고
철없는 마음은 벌써
그대를 안아 버렸는데
아득해서 더욱 그리운 그댄
이 밤도 안개처럼
내 꿈속을 다녀가셨나요.

서러울 것도 없는
내 생의 꺼칠한 마디 위로
꽃눈 하나 틔우며
뜨겁게 그대를 꿈꾸는
내 영혼의 접신

떨고 있는 꽃

고요한 강물이 바위를 굴리고
침묵이 그리움의 언어라는 걸
우린 이미 알고 있지.

생살 갈라 소금 뿌리듯
푸른 그리움의 숨을 죽이며
그대를 참는 일이 나의 일생이듯
시퍼렇게 쑥물 든 가슴
문지르고 또 문지르며 나를 참는 일이
그대의 일생인 줄 내가 왜 모를까.

그대 아는가.

오늘도 난
바람으로 오는 그대 앞에
떨고 있는 한 송이 꽃이란 것을

달맞이꽃 사랑

나 여기
노란 슬픔에 잠긴
달맞이꽃으로 서 있을래요.

한 줌의 기억마저
표백되는
염천의 하늘 밑
푸른 꽃대로 서서 기다릴래요.

철없는 강물이
야유하듯
내 곁을 흘러가도
말없이 그대를 기다릴래요.

세상의 풍경들
마음의 문을 닫고
스스로 어두워지는 저녁
달빛에 홀로 몸 푸는 달맞이꽃처럼
꾹꾹 참았던 내 설운 사랑
그대 앞에 풀어 놓을래요.

낙엽 밟고 오시라

그대,
저 낙엽을 밟고 오시라.

바람 불어
마음 둘 곳 없는 날
그대,
저 금빛 낙엽을 밟고 오시라.

제 아무리 그리움이 깊어도
나무는 다만 기다릴 뿐
제자리를 떠나는 법이 없다.

나는 그리움으로 물든
한 그루 나무
바람에 띄워 보낸
잘 익은 내 사랑의 말들
한 잎 한 잎 밟고 내게 오시라

나 여기,
한 그루 단풍나무로 서 있으려니.

가을 강

그대,
가을 강에 가 보셨는지요.
거기, 푸른 안개에 젖은 이파리를 떨며
서 있는 미루나무를 바라본 적이 있으신지요.
성난 물살이 강기슭을 수없이 할퀴고 지나도록
묵묵히 그 상처의 흔적들을
여름내 지켜보며 온몸으로 울던
슬픈 미루나무 한 그루를 보셨는지요.
새벽마다 한숨 같은 안개를 피워 올리며
가을빛으로 깊어가는
강물 위로 물든 이파리를 띄워 보내는
미루나무의 설운 사연을 들어보신 적 있으신지요.
머지않아 미루나무는
울음주머니 같은 이파리들을 하나씩
강물에 내려놓으며 슬픔을 지울 것입니다.
그리고 먼저 간 자식 가슴에 묻는 어머니처럼
지난여름의 아픔을 몸속에 나이테로 새기며
강물에 비친 제 모습을 들여다 볼 것입니다.

슬픔을 덜어낸 자신의 모습과
그 뒤로 펼쳐진 파란 하늘을
오래도록 사랑하게 될 것입니다.

달맞이꽃이 피었습니다

코스모스 하늘거리는 길을 따라서
걷다보니 어느새 그 강가에 닿았습니다.
절로 깊어진 내 안의 그리움처럼
무성한 갈대밭머리 강물은 숨죽여 흐르고
강심을 향해 물수제비만 뜨다가 돌아오는 저녁
바람의 숨결 속으로 향기를 풀어놓는
노란 달맞이꽃을 보았습니다.

하늘 어디에도 달은 보이지 않고
달맞이꽃 맑은 향기만 물안개처럼 피어올라
내 발은 연신 허방만 짚어 비틀거렸습니다.
흘러가며 스스로 맑아지는 강물처럼
당신도 세월의 물살 속에 풀어 놓으면
잊히고 지워질 줄만 알았는데
여린 꽃향기에도 이렇게 어지럼증 앓는 걸 보면
당신을 잊고 사는 일은 영영 그른 일만 같습니다.

달맞이꽃이 피었습니다.

그 한 마디 전하고 싶어
낡은 수첩 속 당신 이름을 찾다가
달의 마른 기침소리에 화들짝 놀라
서둘러 집으로 돌아오고 말았습니다.
당신이 놓고 간 그 한 마디가
달맞이꽃 향기에 묻어 집까지 따라왔습니다.

낙조(落照)

내 뜨거운 숨결
불어 넣으면
그대 마른 가슴에도
빨간 꽃물이 들까.

그대 붉은 마음을
내 가슴에 문지르면
노을보다 더 고운
사랑이 될까.

마음으로만
품어보는 그대는
밀물 드는 저녁 바다로
벌써 내 곁에 와 누웠는데
난 그대
새끼손톱 물들일
봉숭아 꽃잎 한 장
마련하지 못 하였구나.

수평선 너머
눈빛 초롱한 별들이 돋아오고
파도의 옷자락 끝을 잡아당겨
한낮의 인연들을 지우는 바람마저
어둠에 길들여지는 시간이면
노을은 밤과 낮의 경계를 물들이는
내 서러운 사랑을 닮아간다.

바지랑대

엄마는
빨래가 지닌 물기만큼
빨랫줄이 축 처지면
바지랑대를 곧추 세웠다.

나도
내가 품은 슬픔만큼
영혼의 빨랫줄 내려앉을 때마다
그대라는
바지랑대 하나 세운다.

비밀

꽃이 피는 날엔
제일 먼저 그대에게
꽃소식 전하고 싶었지요.
눈 내리는 밤엔
제일 먼저 그대에게
눈 소식 전하고 싶었지요.

하늘을 향해 열리는
모든 것들과
지상으로 내리는
모든 것들의 첫 소식을
그대에게 전하고 싶었지요.

단 하나
전하지 못한 것은
밤마다 그대 향해 꽃불 켜는
꽃보다 붉은
내 마음 뿐.

풍경

가까이 있거나 멀리 있거나
내 그리움의 거리는 언제나 아득하였다.
잠든 허공에 가만가만 번지는
수수꽃다리 향기로 다가와서는 온 마음에
붉디붉은 봉숭아 꽃물들인 사람아.
무작정 걷다가
다다른 강가에서 흔들리는 갈대를 보거나
말간 냇물에 낯빛을 비춰보는
흰 구름이 치어들을 어루만지거나
아니 무서리 하얗게 내리는 가을밤에
쇠기러기 떼의 처연한 울음소리를 듣거나
내 눈물에 젖은 그대 눈빛은 늘 촉촉하다.
마주보면 은은한 불꽃으로 타오르고
돌아서면 이내 바람이 되어
꽃잎 떨구고 가는 나의 사람이여.
내 사유의 골짜기에 눈이 내리고
적막 같은 어둠에 세상이 몸을 숨길 때
멀고 가까움이 하얗게 지워진 뒤로

그대는 한 호흡으로 내 안에 산다.
내 영혼의 추녀 끝에 작은 풍경이 되어
내가 흔들릴 때마다
소리 내어 우는 사람아.

화장(花葬)

배꽃 흰 이파리
하염없이 져 내리던 늦은 봄날.
난 강 언덕에 앉아서
저녁 강에 마지막 붉은 입술을 맞추던
노을의 슬픈 숨소리를 들었습니다.

더운 피 돌던 시절도 깊어지면
지는 꽃잎처럼 강물이 되어 흘러가는가.
꽃잎 떨군 꽃받침 위로 저녁별이 돋아 오도록
가눌 수 없는 슬픔인 양 하얗게 지는
배꽃 이파리만 정처 없습니다.

당신을 마중하다가 반생(半生)이 가고
당신을 배웅하다가 또 남은 반생이 가고

당신 눈길로 피어나는
한 송이 꽃이고 싶었던 날들,
다만 당신의 사랑으로만 물드는
붉은 꽃 한 송이로 피어
내 고운 빛으로 당신 가슴에 꽃불 켜고
맑은 향기로 당신 곁을 흐르다가
한 점 미련도 없이
먼 길 가는 꽃잎처럼 사랑하고 싶었습니다.

이제 내 사랑을 꽃잎에 묻습니다.
영혼의 마지막 숨결 같은 꽃잎으로
내 고운 사랑을 화장(花葬)하고 돌아서려니
멈칫거리던 강물도 다시 제 갈 길을 서두르고
하얗게 지는 꽃잎만 하염없습니다.

제5장

그대 그리운 날엔

그 꽃이 나를 울렸다

순창고추장보다 더 붉은
강천산 애기단풍 만나러 가던
그 길목 어디쯤에선가
점박이 철쭉꽃과 마주쳤을 때
나도 모르게 목젖이 뜨거워져서
왈칵 눈물이 솟았다.

지천명의 사내가
한 떨기 꽃을 보고 눈물짓는
이 낭패라니!
봄여름 건너오며
피울 것 다 피운 꽃나무들
다비식 불꽃으로 타는 가을 산 아래
꽃 시절 다 놓치고
뒤늦게 꽃 피우는 일이
세상에 무슨 죄라도 짓는 것처럼
몰래 숨어 핀 분홍 철쭉꽃
뒤늦게 찾아든 늦사랑에 손사래 치며
홀로 속으로만 뜨거워지던
내 사랑 닮은

그 꽃이 나를 울렸다.

포갠다는 것

늦은 밤
너를 배웅하고 돌아오는 길.
길모퉁이
플라타너스 마른 낙엽들
서로의 몸을 포개어
가을밤의 추위를 견디고 있다.

한 시절
저마다 푸르름을 자랑하며
허공에 초록 그늘을 드리우던 것들
바닥에서 비로소 만나
마지막 길 떠나는 동행이 된다.

포갠다는 것은
서로에게 이불이 되어주는 일.

플라타너스 마른 이파리
꿈속까지 따라와

바스락거리며 몸을 뒤채는 밤
나도 너에게
따뜻한 이불이 되고 싶다.

다시 첫사랑을 만난다면

더 이상 머뭇거리지 않고
가슴 깊이 묻어 두었던 말을 하리라.
아무도 오지 않는 외딴 바닷가로 가서
하늘빛 가을 바다를 보여주리라.
바다 위에 떠서 꾸벅꾸벅 졸고 있는 섬과
그 섬의 흰 발목을 씻어주는
파도의 손길을 함께 지켜보리라.
지난 세월을 바다에 헹구어 수평선에 걸어두고
바닷가를 거닐며 들꽃들의 이름을 일러주리라.
밤이 오면 모래 위에 누워 하늘의 별을 헤리라.
쑥스러워 차마 건네지 못했던 '사랑해'란 말
함께 있으면 밀물 들듯 내 안 가득 차오르던
'행복한 느낌'에 대해 더 많이 더 자주 이야기 하리라.
행여 침묵의 틈새로 외로움이 끼어들지 않도록
깊이 잠들 때까지 머리맡에 앉아 책을 읽어 주리라.
사랑하는 이가 흐뭇한 얼굴로 깊이 잠이 들면
오래도록 꿈꾸어 왔던 것처럼 꼬옥 안아 주리.
꽃병 속엔 사랑하는 이의 향기 닮은 꽃을 꽂아두고

그 향기가 사라지기 전에 나는 부엌에 들어가
첫사랑을 위해 눈부신 아침 식탁을 준비하리라.
다시 첫사랑을 만날 수 있다면
첫사랑을 다시 만나 사랑할 수 있다면
더 이상 가보지 않은 이 길이 궁금해지는 일이 없도록
꿈이 깨어질까 두려워서 하지 못했던
그 많은 이야기 세상 끝날 때까지 들려주리라.
그대는 섬이 되고
나는 바다가 되어

은방울꽃 당신

내 안에 바람
가눌 수 없어 우연히 찾아든
오월의 숲에서 그댈 처음 만났지요.

어느 솜씨 좋은 조선 도공의 혼이
햇살과 바람으로 빚은 백자인 양
난 바라보는 것만으로도 마냥 황홀했지요.

내 안의 바람
한 줌씩 내려놓을 때마다
은은한 종소리로 번져나던 그대의 향기
나, 그 향기가 너무 좋아
오래도록 그 숲에 머물렀지요.

그 날 이후로 어디를 가도
청량한 은빛 종소리 나를 따라와
언제라도 생각하면 내 안에
그대 향기 둥글게 둥글게 번져났지요.

그대 그리운 날엔

그대 그리운 날엔
호숫가를 걸어요.
둘이 정답던 벤치에 앉아
홀로 노을을 봐요.
오늘도 호수엔 물결이 일고
하늘엔 놀이 지는데
사랑의 노을로 나를 물들인
그대는 지금 어디에.
그리움에 패인 가슴 호수가 되어
눈물만 고이는데
아~ 호수를 다 채우면
그대 내게 올까요.
그대 그리운 날엔
호숫가를 걸어요.
둘이 손잡고 걷던 길 따라
그대 올 것만 같아

낙화

벚꽃 흩날리는
바람 부는 길을 걸으며
당신을 생각합니다.

겁도 없이
허공으로 몸을 던지는
꽃잎,
꽃잎들.

미치지 않고
어찌
사랑할 수 있겠습니까.

그런 날

까닭모를 슬픔이
가슴에 가득해지는 날이 있다.

알 수 없는 설움에
목젖이 뜨거워지는 날이 있다.

창문을 열어도
강 건너 숲이 선명해 지지 않고
정오가 가깝도록
내 안의 안개 걷히지 않는 날이 있다.

헤어진 지 오래인 애인에게서
전화가 걸려올 것만 같아
핸드폰을 손에서 내려놓지 못하는 날이 있다.

정말 그런 날이 있다.

아직도 내 안에 당신이 산다

더운 여름날
냉장고에서 막 꺼내어 놓은 맥주 캔 위로
맑은 물방울이 송알송알 맺히듯
풍경이 바뀔 때마다
눈물처럼 떠오는 당신.

당신 잊고 사니
나 행복하다 말하면 꾹꾹 눌러 참았던 슬픔
물마루로 단숨에 둑을 넘어오고
사랑은 오래 전
머리 위로 흘러간 구름이라고 적으면
금세 후드득 비를 뿌려대는
당신의 하늘.

여름 다 가도록
불을 넣지 않은 방구들 위로
엉겨드는 습기처럼
바닥으로 부터 기어오르는 우울의 안개와

빈 집에 내려 쌓인 먼지처럼
슬픔의 알갱이들이 켜를 이룬
내 마음의 폐허,
아직도 그 안에 당신이 산다.

당신이 오셨으면

느티나무 어린 이파리
초록 그늘을 따라
때죽나무 차랑차랑 은종을 흔드는
오월의 숲 속으로
햇살처럼 당신이 오셨으면 좋겠습니다.

이른 봄날
동구를 환하게 밝히던
살구꽃 진 자리
아버지의 헛기침처럼
푸른 살구 알 툭툭 떨어져 내리는
뒤란에 홀로 이우는 모란 꽃 위로
이슬처럼 당신이 오셨으면 좋겠습니다.

개구리 울음소리
자지러지는 밤을 지나
풀잎에 맺힌 이슬을 쓸고 가는
새벽바람처럼 당신이 오셨으면 좋겠습니다.

물소리 홀로 깊어지는
달무리 지는 밤마다
아카시아 향기로 허공을 다 채워도
여전히 메워지지 않던
내 그리움의 공복
당신이 채워주셨으면 좋겠습니다.

당신은 전화를 받지 않고

늦은 밤
전화를 걸었지만
당신은 받지 않았습니다.

몇 번인가
신호음이 울리는 동안
수화기 저 편의 당신을 헤아렸습니다.

수신되지 못한 내 마음이
문밖을 서성이는 동안
당신을 상상하다가 서둘러 전화를 끊었습니다.

전화벨 소리에 놀라
행여 잠이 깰 세라 가슴에 품은
흰 안개꽃만 조용히 놓고 돌아왔습니다.

아침이면
빨간 장미로 피어날
고운 당신인 줄 나 알기에.

전화를 거는 까닭

그대에게 전화를 걸 때마다
시소를 타는 내 마음을 아시는지

딱히 할 말이 있는 것도 아닌데,
공연히 바쁜 그대를 귀찮게 하는 것은 아닌지
혹시라도 그대 전화 받지 않으면
천상으로 날아오르던 내 마음이 급전직하!
번지점프 하듯 속절없이 떨어져 내릴 것이 두려워
망설이고 망설인 끝에 떨리는 손으로
그리움의 숫자를 눌러가는
이 마음을 짐작이나 하실까요?

햇살이 너무 고와서
바람결에 봄기운이 묻어나는 것 같아서
경을 읽는 낙숫물 소리가 듣기 좋아서
굳이 전화를 건 까닭을 말하라 하면
밤을 새워 얘길 해도 다 헤아릴 수 없지만
그게 다 무슨 소용일까요?

난 다만
그대 목소리가 듣고 팠을 뿐인데
오늘 그댄 전화를 받지 않았습니다.

수국

나 다시 태어나면
그대 뒤란에
수국꽃으로나 피겠네.

잦은 비에
마음 젖기 쉬운 장마철
그대 마음 환하게 밝히는
한 떨기 수국꽃으로 피겠네.

작은 꽃들이 모여
커다란 꽃송이를 이루는 수국처럼.
내 안에 피는 자잘한 꽃들
주먹밥처럼 꾹꾹 뭉쳐
그늘진 그대 뒤란에
사랑의 꽃으로 피겠네.

지금쯤 강가에서는

지금쯤 강가에선
물러가는 어둠을 따라
천천히 안개가 피어나리라.
주고받은 이야기는
새벽녘 가로등 불빛처럼 야위어 흩어지고
우리는 타인처럼 무심해져서
서둘러 겨울 숲을 떠나가리라.
유난히 폭설이 잦았던 지난겨울을
기억의 저 편으로 돌려놓고
세상에서 가장 부드러운 꽃잎이
눈의 무게를 밀어 올린다.
어디선가
꽃 한 송이 피어날 것 같은
2월의 아침,
미련 많은 옛사랑의 안부인 양
성긴 눈발이 흩날리고 있다

그대,
어디서 바람의 기별을 듣는가

햇살의 기울기만큼
잠자던 바람이 몸을 일으켜 세우는
오후 세 시
나는 천천히 걸어
은행나무 아래로 갑니다.

바람에 안부를 띄우는 일 외엔
아무 것도 할 수 없던 지난봄과 여름 동안
바람에 실려 온 당신의 말씀들은
고스란히 초록의 잎으로 피어나
그 나무 아래를 지날 때면 어김없이
수천수만 개의 은종이 울리듯 찰랑 거렸습니다.

이제
당신의 말씀마다 눈부신 금빛을 칠해
지상에서 가장 빛나는 답신을 띄우렵니다.
바람이 알맞게 불어서 산책하기 좋은 날

부디 당신은 은행나무 아래에 서 있기를 바랍니다.
바람이 지날 때마다 당신의 머리 위로
축복처럼 쏟아져 내려 당신의 발등을 덮고
끝내는 마음까지 금빛으로 물들일
그 노란 은행잎들이
당신에게 띄우는 내 마음이니까요.

너를 기다리던 가을이 가고

너를 기다리던 가을이 가고
나는 꽃잎 한 장 거두지 못한 채
눈비에 젖은 가을꽃처럼 추레해져서
겨울 입구에 섰다.
호외처럼 무시로 이파리를 날리던 나무들
가지 끝에 피워 단 시린 눈꽃을 보며
사라진 꽃들의 이름을 불러보는 저녁엔
어둠보다 먼저 소름 같은 별이 돋았다.
마냥 흔들리던 네 눈빛 같은

삶은 살아내는 것이 아니라
견디는 일이라는 것을 깨달은 게 언제였던가.
나무들이 몸 속 깊이 꽃눈을 숨기고 눈보라를 견디듯
너에 대한 그리움으로 견뎌야 하는 추운 겨울이 오면
깊은 골방에 나를 가두고
그리움의 시집을 몇 권이나 읽고 쓰면
내 어둔 골방에 봄빛이 닿을까?

바람벽에 걸린 옥수수.
시렁에 매달린 채 바싹 마른 무 시레기.
말라서 단단해진 것들이 겨울을 견딘다.
겨울은 소금에 절여진 푸성귀처럼
숨을 죽이고 몸을 낮추는 계절,
몸을 낮추어 오체투지로 꿈을 꾸는 시절.
문득 물기 많은 내 몸이 무겁다.

가랑잎처럼 내 영혼의 물기 다 마르면
이 찬 계절을 무사히 건너갈 수 있을까.
아, 눈물겨워라.
한껏 몸을 낮추어 흰 눈이나 기다려야지.
전설처럼 하늘에서 눈이 내리면
그때 고백하리라.
아직 건네지 못한 말들과
어둠보다 깊은 나의 그늘과
지우지 못한 옹이 박힌 상처와
소금기 많은 내 눈물에 대하여

제6장

그리움이 빗물처럼

그리운 당신

풀잎 끝에
매달린 물방울처럼
위태로운 날들을 견디는 동안
정말 미안하게도
아주 이따금씩 그대가 생각났습니다.

마음의 경사각이 가팔라지거나
몸 어딘가에 탈이 나서
신고(身苦)를 견디기 힘들 때면
불쑥불쑥 죽순처럼 솟아나던
그대 생각.

미안해서,
정말 미안해서
서슬 퍼런 달빛 칼로
웃자란 그리움의 싹을 썩둑썩둑 베어내고
내 설움에 겨워
어둠에 기대어 숱한 밤을 울었습니다.

내 슬픔
홀로 삭혀보려고
세상에 나가
가십 같은 사랑을 만나도 보고
종이꽃 같은 거짓 웃음
꽃잎처럼 흩어보았지만
먼 길 에돌아오면
다시 제자리,

죄 없는 발목만
밤새도록 시큰거렸습니다.

상사꽃 설화

한바탕
소나기 퍼붓고 가던 어느 여름날
하안거에 든 한 젊은 스님이
마른 목 축이려 법당 문을 나서다가
비에 쫓겨 대웅전 처마 밑을 찾아든 한 여인을 보았다지요.
속세로 가는 길 끊긴지 오래인 깊은 산중에
이토록 아리따운 여인이라니,
아무래도 헛것을 본 게라고 체머리 흔들며
돌확 가득 넘쳐나는 차디찬 석간수
한 바가지 가슴에 들이붓고 뒤돌아보니
저만치 일주문을 나서는 여인의 뒷모습이 보였다지요.
여인이 한 걸음 한 걸음 옮길 때마다
연분홍 치맛자락이 찰랑찰랑 흔들리는 것이
커다란 연꽃 한 송이 허공에 떠가는 것만 같았다지요.

세상에나, 세상에나!
내 생전 저리 고운 연꽃은 처음 보겠구나.

스님은 자신도 모르게 깊은 숨 몰아쉬고는
손 모아 합장하고 가슴을 쓸어 내렸던 것인데
그때가 가슴에 꽃물 드는 순간인 줄 까맣게 몰랐다지요.
그렇게 여인이 속절없이 떠나간 뒤로
벽을 향해 가부좌 틀고 용맹정진 하던 스님의 머릿속엔
탐스런 연꽃 한 송이로 가득 차서
밤 깊어도 독경소리 그칠 줄 몰랐다지요.
짝 찾는 밤 쑥국새 울음소리 수시로 문지방을 넘어 오고
암자 뒷 숲의 조릿대 밟고 가는 바람소리 들릴 때마다
스님의 귀는 대웅전 꽃살문 쪽으로만 열렸다지요.

석 달 열흘 경을 읽어도
가슴 속 꽃물은 조금도 지워지지 않아
여인이 잠시 머문 처마 밑 그 자리에
꽃물 게워내듯 한바탕 붉은 피를 쏟아 놓고는
홀연히 저 세상으로 떠났다지요.

잠시 머물다 떠나버린 여인처럼
잎이 먼저 돋았다 지고 나면
붉은 피 쏟고 저 세상으로 간 스님인 양
연분홍 상사화 슬픔처럼 서럽게 피었다지요.

생각하면

생각하면 가슴이 먼저 아려오는 사람,
이름 부르면 내가 먼저 울어버릴 것만 같은 사람.
가까이 있어 멀어 뵈고, 멀리 뵈어서 더욱 그리운 사람.
언제부턴가 내 눈물샘 너머에 세 들어 살며
늘 젖은 안개로 피어올라
수시로 나를 아득하게 만드는 사람.
이미 오래 전에 스스로 용도폐기 한,
그리하여 지난 시간의 지층 속
화석으로나 발견될 것 같던
사랑을 다시 떠올리게 한 사람.

누이에게

밤새 뒤척이다
늦잠을 잔 아침,
햇살 가득한 텅 빈 아침이 낯설다
속절없이 쓸쓸해져서
하릴없이 묵은 사진첩을 뒤적이다가
양귀비 꽃밭에서 웃고 있는 너를 보았다
아름다운 것들은 모두
슬픔에 뿌리가 닿아 있다는 말
그땐 믿기지 않았는데
선홍의 양귀비꽃밭에 앉아 웃는 너는
차라리 찬란한 슬픔이었다.
삶이 겨운 날은
늘 서러웠다며 울먹이던 너에게
나의 위로는 얼마나 유효했던가.
강물 위로 물수제비 날리듯
네게 건넨 나의 말들은
얼마나 온기가 남아 있었던가.
자꾸만 쓸쓸해져서
가만히 불러보는
나의 누이야
너도 그때를 기억하니?

문밖에서 서성이다

안부 없는 날들 속에서도
세상엔 많은 꽃들이 피었다 졌습니다.
몰래 불러보는 당신 이름에선
마른 꽃잎의 엷은 향내가 났습니다.
그 향기 미농지처럼 너무 얇아서
한 번 더 부르면 자취도 없이 사라질 것 같았습니다.

어느 가을날,
굳게 닫힌 그대의 문 밖에서
풀벌레 울음소리를 들은 적 있습니다.
그 가녀린 울음소리는
내 심중의 낮은 현과 공명하며
나를 깊은 슬픔에 침잠케 하였습니다.
자물쇠가 굳게 걸린 문 앞에
한 다발의 들꽃을 놓고 돌아서오며
다시는 아니 오리라
수없이 마음 속 다짐을 했지만

어둔 밤길을 갈 때
들판에 가득하던 개구리 울음소리
내 발자국 소리에 놀라 한순간 뚝 끊기듯
불현듯 그리움이 도지면
마음속에 쳐 놓았던 울타리
속절없이 무너져 내렸습니다

남몰래 그대 문밖에서 서성이며
반쯤 열린 문틈으로 안을 기웃거린 적 있습니다.
그대의 무사함에 안도하면서도
나 없이도 봄꽃처럼
환하게 웃는 당신 때문에
마음 다쳐 쓸쓸히 돌아서 온 적 있습니다.

기다림엔 유통기한이 없다

외로움의 푸른 물살이
저녁 햇살에 부딪혀 시선 끝에서
윤슬처럼 은빛으로 반짝일 때
울 뒤 감나무 이파리처럼
붉게 물든 그리움이
내 생각의 발등을 덮을 때
그대 이름을 가만가만 불러봅니다.

기다리는 이 오지 않아도
저녁은 어김없이 찾아오고
내 그리움의 빛깔들을 어둠에 지워져도
돌처럼 단단해진 그대 생각
하나 둘 밤하늘에 별로 뜹니다.

내 기다림엔
유통기한이 없습니다.

그리움이 빗물처럼

전깃줄에 앉아
비를 맞고 있는 까치 한 쌍이
가끔씩 날개를 퍼덕여
날갯죽지의 빗물을 털어냅니다.
초록들녘이 비에 젖고
밤새 자욱하던 밤꽃 향기도 차분해졌습니다.
당신이 계신 그 곳에도 비 오겠지요?
마른 먼지 토닥이며 비가 내리듯
당신도 가슴에 가득
차오는 그리움을 다독이며
누군가를 떠올리고 계시나요?
간절했던 이름들이
아득해지는 비 오는 아침
주문처럼 불러보는
당신 이름 위로
그리움이 빗물처럼 흘러내립니다.

그립고도 그리운
당신.

슬픈 봄

다시 봄이 왔다.

자꾸 눈이 흐려지던
눈보라의 날들은 지나갔다.
꽃나무 아래서 너의 사진을 불사르고
마음 둘 곳 몰라
푸른 달빛을 밟아 정처 없던 밤,
내 발자국 소리에 놀라
무논의 개구리 울음소리 뚝, 그치던
그 적막하던 봄밤의 기억.
생각의 싹을 몇 번이나 베어내야
이 봄이 지나갈까?
너 없이도 나는
사람 좋은 웃음을 웃고
먼 데 있는 이들과
농담 같은 안부를 주고받았다.

삶이란 물빛 그늘 같은
슬픔을 거느리고 사는 일이라고
고만고만한 슬픔쯤은
가끔은 잊을 수도 있는 것이라고
자꾸만 미안해지는
나 자신을 윽박지르며 너를 잊었다.

마른 가지에 새움 트듯
다시 돋아날 네 생각에
자꾸만 두려워지는
슬픈 봄.

눈부신 봄날

당신과 나,
꽃그늘 아래 앉아 있었지요.
흰 꽃잎 강물로 뛰어드는 섬진강변이었는지
노란 꽃구름 내려앉은 산수유 마을이었는지
그 곳이 어디인지 선뜻 떠오르진 않지만
당신과 나
꽃나무 그늘 아래 나란히 앉아 있었지요.
피는 꽃이 너무 고와 눈물이 나고
지는 꽃이 너무 서러워
눈물이 난다던 당신 말씀에
나도 덩달아 서러워져서 눈물지었지요.
내 눈물 당신에게 들키지 않으려
심술 많은 바람처럼 꽃나무만 흔들어 댔지요.
마침내 봄날은 오고야 말아
우리 이렇게 만난 게라고 마냥 설레다가
또다시 꽃 지듯 봄이 저물면
우리도 꽃잎처럼 흩어져 헤어질 게 두려워 울었지요.
만나고 헤어지는 일이

속없이 피는 봄꽃처럼
마냥 환한 일이었으면 좋겠네.
당신과 나, 서로 사랑하는 일도
저 꽃나무처럼 담담할 수 있었으면 좋겠네.
당신 말씀 가슴에 받아 적으며
그때 나는 울었던가, 웃었던가
생각하면 할수록 서럽도록
눈부신 봄날.

그대는 모르시지요

그대는 모르시지요?
보고픈 마음 꾹꾹 눌러 참으며
이렇게 멀리 떨어진 변방의 둘레를 맴돌며
내가 얼마나 그대를 생각하는지

그대는 짐작이나 하실까요?
고여 있는 슬픔 같은 저수지의 외곽을 돌며
산 그림자 드리운 맑은 물낯을 들여다보고
흔들리는 들꽃 몇 송이 물 위에 띄워보기도 하고
흰 치아 드러내며 환하게 웃는
그대 얼굴 물거울에 비쳐보기도 하다가
이내 멋 적어 물수제비 날리고 돌아서는
설운 나의 하루를

아직은 초록이 대세인 숲의 들머리에
홀로 몸이 달아
선홍빛으로 물든 개옻나무 이파리처럼
그대 생각으로 가득 차서

갈꽃 한 아름 꺾어 가슴에 안고 오다가
전해줄 수 없는 아득한 거리를 떠올리고는
슬며시 길섶에 내려놓고 빈손으로 돌아와
마른 갈꽃 향기를 베고 잠드는
나의 쓸쓸한 밤을

문 닫을 시간

찬비 내리고 바람 불더니
늙은 느티나무의 기침 소리 부쩍 잦아졌습니다.
쿨럭쿨럭 잔기침 할 때마다
붉은 이파리들을 화르르 쏟아 놓더니
이내 온몸이 불덩이처럼 뜨거워졌습니다.
몸이 아프면 마음의 절반은 서러움인데
슬며시 손을 뻗어 나무의 이마를 짚어보는 저녁
느티나무는 오늘도 하염없이 물든 이파리를 내려놓고
나는 캄캄한 어둠에 기대어
바람에 흩어져 가는 불립문자들만
아프게, 아프게 지켜보았습니다.
제 안에 숨겨 둔 불꽃으로 스스로를 불 질러
산목숨으로 다비식을 치루는 느티나무를 바라보려니
알 수 없는 부끄러움에 얼굴이 확확 달아올랐습니다.
느티나무 이파리처럼 곱게 물들지도 못하고
세상을 향해 허투로 내뱉었던 설익은 나의 말들이
푸른 가시 울타리로 나를 가둡니다.
밖으로 난 문들을 모두 닫아걸고
홀로 깊어져야 할 시간입니다.

더 이상 나를 찾지 마십시오.

등 뒤로 오는 당신

당신과 헤어지고
사방으로 눈길을 놓아
당신을 찾은 적 있습니다.

꽃 지고
다시 피어도
찾을 수 없는 당신 때문에
내 눈엔
그 무엇도 담을 수 없었습니다.

이제
당신이 그리우면
조용히 눈을 감습니다.
눈 감은 뒤에야 비로소 열리는
귀 하나 있음을 알기에

행여
등 뒤로 당신이 올까
당신 발소리 놓칠까
조바심치는

낮달 같은 당신

남산 소월로에서
하얀 낮달을 보았습니다.
초가을 햇살 아래
졸고 있는 지붕 낮은 집들과
흰 옥양목을 풀어놓은 듯
햇살 받아 은빛으로 빛나는
먼 강물을 바라볼 때만 해도
달이 뜬 줄은 까맣게 몰랐습니다.
문득 고개 들어 바라본 하늘에
은은히 떠 있던 하얀 낮달
내가 길 잃고 헤맬 때마다
묵묵히 지켜보며 응원해주는
당신도 저 하얀 낮달처럼
내가 보아주지 않아도
홀로 차고 기우는 날 많았겠지요.

당신 탓

말뚝에 매어놓은 고삐의 길이가
제 삶의 길이인 줄만 아는 염소처럼
날마다 나는
당신 집까지만 갔다가 되돌아옵니다.

그 길 위에
비 오고 바람 불고 꽃 피고 새가 울고
나는 그 길 위에서
비바람 맞으며
꽃 피고 새 우는 소릴 듣습니다.

모두
당신 탓입니다.

푸른 감

간밤에
세찬 바람이 불어갔는지
여기저기 푸른 감들이
바닥에 떨어져 나뒹굽니다.
으깨지고 터져 버린
감들을 줍다가
울컥하는 설움에
더운 눈물이 솟았습니다.

그대 오시는
밤길 어두울까봐
길목마다
정성껏 매달아 놓았던
눈물 그렁한 내 별들만 같아
무심히 바라볼 수 없었습니다.

견딜 수 없는 날들

고요하던 강물에
잔주름이 지는 것은
새벽녘 창을 넘어 온 한기에
잠결에 이불깃을 끌어당기듯
무심히 흘러가는 세월을
견딜 수 없는 누군가가
한쪽 깃을 슬쩍 잡아당긴 때문이다.

곰곰 생각해보면
외롭다거나
그립다는 것도
누군가의 가팔라진 영혼이
잠시 나를 잡아당겨 생겨난
영혼의 주름일 뿐
견딜 수 없는 날들이란 없다.

흑백사진을 보며

오늘처럼 바람 불어
그대가 몹시 그리운 날이면
난 가슴 속에 묻어 둔
낡은 사진첩을 꺼내어
그대 사진을 보고 또 봅니다.

산과 바다, 그리고
저무는 강가의 갈대밭머리
이 세상 어느 곳이 배경이 되어도
환하게 웃고만 있는 사진 속 그대가

지나간 시간들은 행복하였다고
쓸쓸해진 나를 위로하지만
한숨처럼 깔려오는 안개가
그대를 지우고 또 나를 지웁니다.

목 놓아 불러도 닿을 수 없는
아주 먼 곳의 그대가

몹시 그리운 날.
홀로 사진첩을 들춰 보는 일은
눈물 많은 내 사랑의 기억 속에서
책갈피에 꽂아 둔 마른 꽃잎 같은
아름다운 순간들만 골라
모자이크 하는 일입니다.

첫눈 같은 사람 하나

첫눈 같은 사람 하나 있어
내가 아플 때면
뜨거운 내 이마를 짚어주던 어머니처럼
무시로 달뜨는 내 마음을
하얗게 덮어주었으면 좋겠네.

내게 첫눈 같은 사람 하나 있어
그대에게 가는 길 몰라
낙엽처럼 거리를 헤매일 때
나 잠든 사이, 세상의 길 모두 지우고
내가 찍은 첫 발자국이 길의 시작이라고
가만히 속삭여주면 좋겠네.

내게도 첫눈 같은 사람 하나 있어
내 삶이 한껏 춥고 쓸쓸해지는 날
겨울나무의 빈 가지에 내려앉는 눈처럼
부신 눈꽃으로 나를 위로해 주었으면 좋겠네.

세상의 모든 빛이 은빛으로 반짝이는
첫눈 내린 아침의 그 차고 정(靜)한 풍경처럼
생각만 해도 내 안이 맑아지는
첫눈 같은 사람
그런 사람 하나 있었으면 참 좋겠네.

길

눈을 감아야
보이는 길 하나 있다.

어머니 가르마 같은
정갈하게 열리는 길 하나

가닿지 못한 마음
들꽃처럼 마냥 흔들리는
눈 감은 뒤에야
비로소 만나지는 길이 있다.

세상의 길들
이리저리 끌고 다니느라
지친 나의 두 발이
잠시 신발 벗어놓고 쉴 때
비로소 열리는
당신에게로 가는 길

그 길을 찾아
예까지 오는 동안
나는 숨 가쁜 줄도 몰랐다.

반딧불이 사랑

멀리
서인도제도 바다에 사는
반딧불이 수컷은
8월 보름이 되면
해지는 시간과
달뜨는 시간에 맞춰
일생에 단 한 번
반짝
불빛을 허공에 수놓으며
단 1초의 사랑을 나누고
한 점 미련 없이
생을 마감한다는 이야길 들었을 때
어쩌다 나는
사람으로 태어나
몇 번의 열병 같은 사랑이 끝난 뒤에도
여전히 살아 있다는 것이
못내 부끄러웠다.

밀물을 기다리는 배처럼

그대 썰물처럼 나를 떠난 후
나 뻘 속에 갇힌 배처럼
그 바다에 있었네.
소금기 많은 습한 안개와
바람에 밀려나던 흐린 햇살 속에
나는 폐선처럼 야위어 갔으나
밀물로 오는 그대를 기다리는 일
끝내 포기할 수 없었네.
바다를 건너 온 갈매기가 물고 온
붉은 노을 한 점
해안선 따라 동백꽃으로 피는
그 바다에서 오늘도 나는
밀물로 오는 그대 기다리네.
고된 하루 일을 마치고
집으로 돌아오는 아낙네들처럼
갯고랑을 따라 수런대며 밀물이 들면
나, 다시 떠오를 수 있으리
그대의 바다 위를 떠갈 수 있으리.

사람 노릇

꽃처럼
환하게 웃고 있는
친구의 영정사진 앞에서
꽃 피면 얼굴이나 한 번 보자던
어느 날의 허튼 약속을 떠올린다.
진눈깨비 내리던 겨울 날
우연히 시내에서 마주쳤을 때
바쁜 갈 길 재촉하느라
언제 한 번 밥이나 먹자는 친구의 말에
인사치레로 건넸던 말이라
꽃피는 봄이 두 번이나 다녀가도록
까맣게 잊고 살았는데
영영 지킬 수 없는 헛말이 되고 보니
그 허튼 약속을 지키는 일이
사람 노릇인 줄
뒤늦게 뉘우친다.

명자

어쩌다 내가 엄마한테 회초리라도 맞을라치면 명자꽃 울타리 너머 목을 빼고 몰래 지켜보다가 나랑 눈이라도 마주치면 혀를 낼름 내밀곤 줄행랑을 치던 지지배 눈물 훌쩍이며 대청마루에 엎드려 밀린 숙제 하고 있을라치면 고양이 걸음으로 살금살금 다가와서는 뒤춤에 감추어 온 보리개떡 슬며시 내 앞에 내려놓고 보조개 진 얼굴 가득 꽃물 들어 바람처럼 사라지던 지지배 하굣길에 자전거라도 태워줄라치면 내 허리를 꼬옥 끌어안고는 시오리 길 다 끝나도록 오빠 생각만 한도 끝도 없이 부르던 웃을 때마다 볼우물 져서 손가락으로 한 번쯤 콕 찔러보고 싶던 고 지지배 눈웃음 살살 쳐서 열여섯 내 가슴 봇물처럼 찰랑이게 만들어 놓고 온다간다 한 마디 말도 없이 봄날 아지랑이처럼 서울로 훌쩍 떠나버린 명자,고 지지배! 지금도 그때처럼 여전히 예쁠라나? 눈웃음 칠 때마다 깊게 패이던 볼우물 아직도 여전할라나?

황홀한 반란

누구신가.
잠든
나를 흔들어 깨우는 이.

만성관절염 앓는 영혼이
절뚝이며 지나온 길을 되돌아보며
비명 같은 한숨을 몰아쉴 때
쓸쓸한 바람 한줄기 나를 스쳐 불어갔던가,
말았던가.
수많은 번뇌와 눈물이 체증을 앓는
생각이 생각을 가로지르는
영혼의 교차로.

남몰래 꺼내보는
익숙하여 더욱 낯선 사랑.
다시 한 번 꿈꾸어 보는
내 영혼의 황홀한 반란.

단감을 깎으며

- 창원의 이용섭 兄에게

추운 겨울밤
헛헛한 속을 달래려
단감을 깎는다

한동안
잊은 듯 살다가
불쑥 문자를 보내
감 따러 간다며 내 주소를 묻던
남쪽에 사는 마음씨 고운 벗이
정성으로 부쳐온
단감 한 상자

감을 깎을 때마다
살갑지 못한 내 마음도
떫은 껍질 따라 덩달아 벗겨지고
감 한 쪽 베어 물면
달디 단 과즙처럼 입 안 가득번지는
따뜻한 사람의 체취

택배상자 허룩해질수록
겨울은 점점 깊어 가는데
노을빛 홍시 한 알
내 가난한 영혼의 가지 끝을
환하게 밝히고 있다

눈 내린 대숲으로 가자

거기,
눈 내려 차고 靜한
대나무 숲으로 가자.

품거나 새겨야 할 사랑의
부질없음을 이미 알아
속을 비우고 나이테를 새기지 않는
푸른 대숲으로 가서
한나절 바람의 노래나 듣자.

일생에 한 번
붉은 울음을 우는 백조처럼
죽기 전에 단 한 번
꽃을 피운다는 대숲으로 가서
사는 동안
푸른빛 잃지 않고 바람에도
휘이지 않는 법을 배우자.

전화 받지 마라

끝날 때까지는 끝난 게 아니라는 말
너와 헤어지고서야 무슨 말인지 알았다
천만 번 베어내고 또 베어내도
죽순처럼 돋는 그리움
다시는 생각지 않겠다 입술을 깨물어도
신음소리보다 먼저 터지는
네 이름 석 자
선혈보다 붉은 노을 속에 지우며
너를 미워하는 대신 꽃을 사랑하리라
너를 사랑하듯 별을 그리워하리라
다짐하며 사방으로 눈길 놓으면
꽃도 별도 네 모습으로만 다가오는 밤
혹시라도 너를 참을 수 없어
전화해도 절대로 받지 마라
겨우겨우 쌓아올린 내 마음의 둑
와르르 무너질까 두렵다

어느 원시인(原詩人)에 대한 단상

– 흰벌의 행간을 떠도는 미세한 향기

백승훈이란 이름보다 흰벌이란 별칭을 먼저 마음에 담았기에, 내게 그는 생물인간 백승훈이라기 보다는 문자의 날개붙이같은 이미지에 더 가깝다. 그러고 보니, 알고 있는 신상정보가 거의 없다. 우리가 흔히 '털어보는', 나이라든가 출신이라든가 학력이라든가 성장과정이라든가 습관이라든가 결혼 여부라든가 심지어 거주지라든가 제대로 알고 있는 게 없다. 알고 있는 건 순한 유인원의 얼굴을 하고 있는 한결같은 인상과 느리고 여리면서도 덤덤한 말투, 험한 세상을 어떻게 살아낼까 싶은 개결한 심성과 작은 연애의 기억들을 조물조물 가지고 노는 듯한 감수성, 그리고 그가 내보인 글들이 있을 뿐이다.

아무 것도 알 수 없는 사람이다. 벌써 20년 지기(知己)인데도 그렇다. 그가 굳이 숨긴 것도 없고, 이미 말한 것도 있었을 것이나, 희한하게도 내겐 그 정보들이 잘 입력되지 않았다. 관심이 없어서라기보다는, 그 희미한 신상이 그의 글들을 잘 물고 있기 때문이 아닐까. 그렇게 괜히 설명해본다.

얼마 전 그의 초청으로 문학기행을 함께 한 일이 있다. 봉화의 고택들을 다니며 발견한 그는 능숙한 솜씨로 무리를 이끄는 인솔자였다. 버스 간에서 건네준 책(기행 시리즈를 담아서 펴낸 흰벌의 저서였다)을 읽다가, 그의 아름다운 '노마드'기질을 엿보았다. 기자를 했어도 좋았을 성 싶은 기획력과 취재력, 통찰력이 여행의 행간 속에 풍성하게 들어있다. 무엇보다 소년 같은 호기심이 그를 추동하고 있다는 생각을 하게 됐다. 여행뿐만 아니라, 삶 전체를 호기심으로 어슬렁거리고 있는 게 아닌가 싶기도 하다.

그의 삶을 이해하지 못하고 있을 뿐 아니라 그의 언어들에 대한 앎도 무척 얕아서, 이번에 그가 내놓은 시들에 관해 내가 할 수 있는 말이란 무책임한 방백에 가까울 것이다. 그런 만큼, 그도 내게 그의 작품에 대한 풍성한 이해를 기대하고 있진 않을 것이다. 그것만큼은 다행이다.

피씨통신 문학동호회 시절에 처음 만났던 그의 글에 대한 인상은, 알맹이 없는 달달함이었다. 유인원이 '겹눈'을 꿈벅거리는 듯한 순정한 인상을 제외하면, 글과 그것을 뽑아낸 출처는 사뭇 어울리지 않아 보였다. 모임에서 몇 번 그와 대화를 나누면서, 나는 그의 '여성적인 둘레'를 느꼈다. 생의 어디에선가 여성만의 대화 속에서 얻어냈을 법한 감수성과 '수다'라는 말로 일컬어지는 낭창낭창한 여유 같은 게 그의 행간 속에 늘 떠돌고 있었다. 말을 밀고 당기면서, 그 맥락이 자아내는 달착지근한 공기를 즐기고 있는 듯 했다. 그땐 그랬다.

그게 한 스무 해쯤 나이테를 긋고 난 지금, 그의 시에는 내가 알고 있던 기름기 같은 것이 확 빠져 있다. 아마도 그때에도 있었을 담백하고 정갈한 문장들이 별 수식 없이 툭툭 내던져져 있는 느낌이다. 물론 시적인 정제나 변형이나 밀어붙임에 몰두하진 않았던 듯, 사람을 놀래키는 언어의 동세(動勢)나 전율을 내놓진 않았다. 향기는 있으나 부드러운, 커피 한 잔 같다. 알맞은 커피이면 됐지 굳이 명품커피일 필요 있는가. 커피를 시로 바꿔보자. 향기는 있으나 부드러운, 시 한 잔 같다. 알맞은 시이면 됐지 굳이 명품시일 필요 있는가. 이게 더 마음에 든다.

자신을 흰벌이라 자칭한 사람은, 흰벌의 무엇을 빌려 입은 것일까. 벌 중에서 온몸이 흰 벌이 있는지는 모르겠다. 나비는 흰나비가 있으니 벌도 흰벌이 있을 수 있겠다. 흰소나 흰말처럼, 어떤 상서로움을 지닌 빛깔처럼 여겨지기도 한다. 백승훈시인은 자신의 성인 백(白)에서 빛깔을 가져왔을지도 모른다. 그렇다면 이름대신 '벌'을 넣은 셈이다. 벌에 대한 그의 동경은 아마도 뭇꽃을 넘나드는 자유로움과 빛과 향기를 찾아 평생을 떠도는 방랑끼에서 왔을지 모른다. 세상의 꿀을 찾아내는 그 못 말릴 호기심의 궤적이 시였다면, 흰벌은 시인 백승훈을 압축하는 힘 있는 메타포일지 모른다.

그를 원시인(原詩人)이라 칭한 것은, 시의 원형질을 타고난 본능적 시혼이라는 의미도 있지만, 유인원이 지니고 있던 소박한 시선이 그에게 있다는 점을 말하고 싶었기 때문이다. 젖은 겹눈이다. 대상에 촉촉히 감응하는 힘이 '젖은'이란 말에 들어있고, '겹눈'이란 말은 굳이 대상을 확정짓지 않으면서도 견고하게 성찰하며 담담하게 대상을 떠돌다 떠나갈 수 있는 벌의 행태를 함의한다.

산다는 것은
끊임없이
세상 속으로
새 잎을 내는 것이지
늙은 마술사가
종이로 꽃을 피우듯
도끼날도 튕겨져 나올
단단한 몸속에서
불쑥
세상에서 가장 부드러운
어린 잎 하나
마술처럼 꺼내 보이는 일이지

〈생, 눈부시도록 아픈〉 전문

유인원의 눈길로 단단한 나무에서 돋아난 어린 잎 하나를 들여다보라. 나무의 삶은 끊임없이 세상 속으로 새 잎을 내는 것이다. 캄캄한 나무줄기 속에서 그 잎은 무엇을 하고 있었던가. 돋아나는 나뭇잎은 모두 나무의 '출산'이다. 도끼날도 튕겨져 나올 단단한 모체에서 세상에서 가장 부드러운 어린 잎 하나가 돋아나오는 일. 이거 마술사의 기적과 다르지 않다.

맨앞에 '산다는 것은'을 '나무가 산다는 것은'으로 시작했으면 일상적인 언어에 가까울 것이다. 그러나 '산다는 것은'으로 의미망을 넓혀놨기에, 필연적으로 인간의 삶 혹은 시인 자신의 삶에 대한 음미로 확장된다. 나무가 돋아나듯, 우리 또한 매일 무엇인가를 돋우고 다시 그것을 떨구며 나무처럼 생을 살아간다. 유인원 흰벌은 가지를 떨군 검은 나무토막처럼 서 있다가 문득 다시 희망의 잎을 밀어내며 봄날을 만들어낸다. 자연이 늙은 마술사인 것처럼, 지금 늙어가는 삶을 살면서도 늘 가지에 푸른 잎을 매다는 감성의 생 또한 마술사의 놀라운 기적이 아닌가.

흰벌은 그 제목을 '생, 눈부시도록 아픈'이라고 붙였다. 나는 끝에 붙어있는 '아픈'이라는 표현이 흰벌스럽다고 생각한다. 나무속에서 돋아난 어린 잎이 보는 세상은 분명 눈부실 수 밖에 없다. 시 속에는 드러나 있지 않은 '아픔'이 들어간 것은, '눈부시도록 아픈'이란 말의 모순어법적인 말맛을 버리지 못한 까닭이 아닐까. 굳이 그 헤픔을 제어하지 않은 건, 흰벌이 시를 즐기는 담담한 태도 때문이라고 읽는다.

응달진 산자락
잔설처럼
바라만 봐도
절로
눈이 시린 풍경

〈추억〉 전문

흰벌은 내게 굳이 '시'를 읽을 것도 없다고 겸연쩍어 했다. 오랜 노작(勞作)에 대한 겸사이지만, 시에 대해 우리가 요구해온 것들이 과연 누구의 요구이며 합당한 요구이었는지를 돌아보게 하는 말이기도 하다. 좋은 시가 엄연히 존재한다는 생각은 옳은

가. 뛰어난 시인은 그 자체가 통째로 보증된 시의 화신인 것처럼 신화화하는 것은 문제가 없는가. 나는 모르겠다. 시의 전통이나 흐름이나 전략에 밝은 이들이 좋은 시라고 하면 좋은 시인가. 시가 그들의 안목 앞에 드러나기 위해 쓰여지는 것인가. 시의 풍격이나 아름다움은 왜 그것을 오직 자의로 읽으며 즐기는 독자들의 반응에서 나오는 그것이 아닌가. 나는 모르겠다.

'추억'은 기억의 골수에 박힌 사진 한 장 같은 것일 수 있다. 그 사진이 어른어른 떠오르기만 하면, 똑바로 바라볼 수 없을 만큼 겹쳐져있는 한기(寒氣)가 있다. 시인은 추억을 눈이 시린 풍경과 겹쳐 읽어냈고, 겨울 응달에서 아직 녹지 않은 푸른 잔설들의 형광빛에서 눈시린 생각들을 떠올렸을 것이다. 기억이 눈시린 것은 그 자체가 아름답기 때문일 수도 있지만, 거기에 들어있는 풍경이나 인물이 상처를 거느리고 있기 때문인 점이 더 클지 모른다. 예를 들면, 그와 오래전 겨울에 갔던 강원도 몰운대의 폭설 풍경은 늘 눈이 시린다. 내게 눈이 시린 까닭은, 당시 다친 짐승처럼 끙끙거리며 아팠던 나의 내면이 거기 박혀 있기 때문이다. 응달의 눈은, 그래서 나를 소스라치게 한다.

이슬을 차고 선산에 올라
아버님께 절 올리고 돌아서려는데
초록의 허공 위로 분홍 꽃빛이 얼비쳐서
황급히 발길을 걷어 들였던 것인데
왼새끼로 금줄 놓아 부정한 발길 돌리게 하던 아버님처럼
나를 막아선 것은 분홍 꽃타래 곱게 엮은
타래난초였다

그 모습이 하도 고와서
한동안 정신없이 셔터를 눌러댔던 것인데
다시 보니 쓸 만한 사진은 한 장도 없지 않은가
이런 낭패라니!

다시 숨을 고르고

꽃대를 흔드는 바람이 지나길 기다린다
타래난초와 나 사이에 팽팽한 긴장감이
허공을 붙잡는 순간 찰칵!
시간이 멎는 소리를 들었다
향방을 알 수 없는 숲속 어딘가에서
쑥꾹새 울음소리 다시 들리기 시작했을 땐
모래판을 내려오는 씨름꾼처럼
이미 후줄근히 젖은 뒤였다

〈타래난초와 한판 붙다〉 전문

물컹한 췌사를 후련히 내던지지 못하는 흰벌의 시로서는 특별하게, 일상 속의 스냅을 담았다. 술자리에서는 구수하게 늘 들을 수 있는 이야기일 것이다. 타래난초라는 꽃을 찾아보니, 종 모양의 작은 잎들이 줄기를 뱅뱅 돌아가며 타래처럼 꼬인 꽃이다. 시인은 타래를 제대로 카메라 속에 붙잡는 일이, 씨름꾼이 상대의 샅바를 붙잡는 것과 비슷하다는 생각이 들었을까. 타래는 샅바 같다.

금줄처럼 감긴 타래난초를 보고 문득 멈춰선 것부터 촬영을 하기 위해 애를 쓰는 모습까지 생동감 있게 펼쳐놓았다. 비교적 스피디한 편집이 통통 튀며 상쾌하게 읽힌다. 한편의 짧은 동영상을 감상한 듯한 즐거움이 있다.

시를 읽으며 문득 곁생각이 끼었다. 성묘 길에 우연히 만난 타래난초는, 그 무렵 그 길이 아니었으면 영원히 만날 수 없는 인연이었을지도 모른다. 다음 해도 다음다음 해도 타래난초는 피겠지만, 이미 그가 본 그 난초는 아닐 것이며 난초를 보는 이도 자신이 아니라, 자신의 아들딸이거나 손주일지 모른다. 일생일대의 우연이 타래난초와 시인을 만나게 한 것이다. 돌아간 아버지가 그를 부르며 준비한 것일까. 설사 난초를 보았더라도 바쁜 김에 그냥 지나칠 수도 있었을 것이다. 그 분홍빛, 타래 꽈배기의 자태, 그리고 시인의 소년다운 호기심. 그것이 한 순간 그들을 한판 운명의 씨름판 위에 세웠을 것이다.

시인의 카메라 속에 들어간 타래난초는 아마도 생물 타래난초보다 좀 더 오래 이미지로 살아있을 것이다. 세상의 타래난초 중에서 흰벌이 날아가 향기를 찍어낸 타래난초는 영원히 그 난초밖에 없을지도 모른다. 그 난초는 이미지로 남았을 뿐 아니라, 여기 문자로 그려져 새롭게 생명을 부여받고 있기까지 하다. 타래난초는 인간흰벌이라 다소 아쉽긴 했지만, 자신의 향기를 날라다 줄 가장 효과적인 매체임을 직감했을지도 모른다. 그는 교태를 부리며 분홍빛 포즈를 취했을 것이다. 이 시는 타래난초의 아마도 유일한 기념비일 것이다. 시는 언어 속에 있기도 하지만 언어 이전의 활물이 빚어내는 무한한 질문과 상상 속에 있다.

몇 편을 읽으며 흝은 성긴 감상을 건네려니 쑥스럽다. 다만 내게 그의 시는 20년 날아다닌 벌 한 마리에 묻은 향기들을 희미하게나마 추체험하는 테마파크에 가깝다. 간단없이 꿀을 빨아내는 근면한 봉성(蜂性)이 부럽기도 하다. 우린 이제 끝없이 문자시대를 불안해하고 의심하게 되고 말았지만, 흰벌이 떠돈 자장 안에 문자에 열광하는 인간의 본능이 여전히 활개치고 있다는 것. 그것이 위안이다.

빈섬 이상국(시인, 아주경제 대표)